AGNÈS MARTIN-LUGAND

Après avoir exercé en tant que psychologue clinicienne dans la protection de l'enfance, Agnès Martin-Lugand décide il y a dix ans de se consacrer pleinement à l'écriture. Elle fait aujourd'hui partie des auteurs les plus lus en France comme à l'étranger. Son premier roman, *Les gens heureux lisent et boivent du café* (Michel Lafon, 2013), a connu un immense succès auprès du grand public. Il est suivi d'*Entre mes mains le bonheur se faufile* (2014), *La vie est facile, ne t'inquiète pas* (2015), *Désolée, je suis attendue* (2016), *J'ai toujours cette musique dans la tête* (2017), *À la lumière du petit matin* (2018), *Une évidence* (2019), *Nos résiliences* (2020), *La Datcha* (2021) et *La Déraison* (2022), toujours chez le même éditeur. Son nouveau roman, *L'Homme des Mille Détours*, paraît en 2023 aux Éditions Michel Lafon.

Retrouvez toute l'actualité de l'auteur sur :
www.agnesmartinlugand.fr
www.facebook.com/agnes.martinlugand.auteur
www.instagram.com/agnesmartinlugand.auteur

LA DÉRAISON

ÉGALEMENT CHEZ POCKET

LES GENS HEUREUX LISENT ET BOIVENT DU CAFÉ

ENTRE MES MAINS LE BONHEUR SE FAUFILE

LA VIE EST FACILE, NE T'INQUIÈTE PAS

DÉSOLÉE, JE SUIS ATTENDUE

J'AI TOUJOURS CETTE MUSIQUE DANS LA TÊTE

À LA LUMIÈRE DU PETIT MATIN

UNE ÉVIDENCE

NOS RÉSILIENCES

LA DATCHA

LA DÉRAISON

AGNÈS MARTIN-LUGAND

LA DÉRAISON

Michel LAFON

ISBN : 978-2-266-33219-4
Dépôt légal : septembre 2023

À vous trois,
mon souffle…

Il n'y a de vrai au monde
que de déraisonner d'amour.

ALFRED DE MUSSET,
Il ne faut jurer de rien

– 1 –

Quelque part

Le vent soufflait. La marée était haute. La houle comblait mes espérances. Les vagues frappaient la falaise dans un fracas continu. Elles martelaient si fort la roche qu'elles repartaient au large et entraient en collision avec les suivantes. Créant des gerbes d'écume bouillonnante. Fascinant. Apaisant. Ce déchaînement des éléments m'attirait inexorablement. Je pouvais sauter, disparaître à jamais. Enfin. On ne me retrouverait pas ou alors dans plusieurs semaines. Sur quelle plage mon corps serait-il charrié ? Peu importe. Était-ce le moment ? Celui que j'attendais depuis si longtemps. Rien ne me retenait.

Un rire amer s'échappa de ma bouche tandis que la pluie s'abattait sur moi. J'y étais. Un pas. Un deuxième. Un troisième. J'étais au bord, prêt à basculer. Le précipice m'appelait. Les yeux fermés, je convoquai des notes. Les accords qui m'accompagneraient. Mon esprit les jouait dans une dernière partition.

Le visage de Nathan m'apparut. Je reculai en chancelant, la respiration courte. Si courte que je dus reposer mes bras sur mes genoux, le corps brisé en deux. À croire que j'avais couru. Mon regard foudroya la tempête, venue trop tôt. Je hurlai sur elle. Elle me narguait. Tenir encore pour lui.

Nathan était le seul être sur cette Terre que je devais protéger.

En titubant, je regagnai la maison.

Cette maison comme une tanière. Comme un piège. Armé de ma bouteille et de mes cachetons, je sus que la nuit ne serait pas si décevante.

– 2 –

Autre part

Une belle soirée s'annonçait. Une soirée de vendredi comme je les aimais. Une soirée improvisée. Un message de Suzanne – ma sœur aînée – en fin d'après-midi : « Quelque chose de prévu, ce soir ? » Ma réponse : « À ton avis ? » Elle : « Bon ou mauvais jour ? » Moi : « Pas mauvais. » Elle : « Chez toi ? Je préviens Anita ? » Moi encore : « Avec plaisir. » Anita – la sœur du milieu – quelques minutes plus tard : « Vasco est là ? Il faut qu'il s'occupe du dîner ! Sinon, on ne vient pas ! » Ma réaction immédiate : frapper à la porte du bureau voisin, celui du potentiel cuisinier.

— Ce soir chez moi ? Avec mes sœurs… C'est toi qui vois, pas d'obligation !

Vasco me lança un de ses grands sourires doux, rassurants en toutes circonstances.

— On en est où dans ton frigo ?

Une expression contrite et un haussement d'épaules qui voulaient tout dire.

D'un geste brusque, il fit rouler son fauteuil en arrière et croisa nonchalamment les bras derrière son cou. Il me dévisageait, désabusé, ne sachant comment réagir. Devait-il me « gronder » tel un maître d'école face à un élève indiscipliné ? Ou renoncer et s'amuser de ma légèreté ? Je luttai contre un fou rire.

— Madeleine ! râla-t-il. Je t'ai déjà prévenue que si tu persévérais à ne faire aucun effort pour te nourrir, je finirais par m'installer chez toi !

Je craquai et ris aux éclats sous son regard ému que j'aurais préféré ne pas remarquer. Son émotion m'était difficilement supportable. Faire souffrir les gens que j'aimais avait toujours été terrible pour moi ; désormais, c'était intolérable. J'étais pourtant impuissante.

— On peut donc compter sur toi ? repris-je d'un ton que je souhaitais malicieux.

Ses yeux au ciel en guise de réponse. J'avais gagné.

Deux heures plus tard, j'assistais au spectacle de Vasco, en maître absolu de ma cuisine. Il sifflotait en fourrageant dans mes placards à la recherche de ce qui pourrait se marier avec ses achats. J'avais toujours aimé le voir à l'œuvre derrière les fourneaux. Vasco était un vrai bon vivant, pas uniquement pour son coup de fourchette et sa facilité à ouvrir la dernière bouteille, et toutes les suivantes. Il l'était parce qu'il aimait à régaler les personnes qui comptaient pour lui de ses plats, bien souvent épicés, mais qu'il improvisait toujours brillamment. Vasco partageait avec un plaisir sans nom ; j'avais rarement rencontré un être aussi généreux que lui. En réalité, il était le seul doté d'une telle générosité.

Assise à table, je l'admirais. Il goûtait, assaisonnait, touillait, le tout en ondulant son corps sur une musique africaine délicatement dansante.

— Tu me sers un petit verre ? l'interpellai-je en le voyant déguster le sien.

Il me lança un coup d'œil par-dessus son épaule.

— Sûre ?

— Une gorgée, fais-moi confiance, j'ai envie de profiter de la soirée ailleurs qu'au fond de mon lit ou au-dessus des toilettes.

Il céda quelques minutes plus tard en s'asseyant à côté de moi. Il me tendit un verre, contre lequel il fit tinter le sien sans prononcer un mot. La charge du toast m'incombait, ce qui devenait de plus en plus fréquent :

— À la vie, Vasco !

— Arrête !

— Non, je vais continuer ! Je le dis même haut et fort ! À la vie ! À notre fille !

Il me fuit du regard et embrassa mes cheveux longuement. Je souris, savourant son affection. Je ne pensais pas que ce soit possible, mais mon ex-mari et père de ma fille était et resterait pour toujours mon meilleur ami. Nous n'étions plus un couple depuis des années, et pourtant nous étions inséparables. Et le fait de diriger ensemble une agence de voyages n'en était pas la seule raison.

— Où est-elle, d'ailleurs ? me demanda-t-il, la voix rauque, en se relevant. Elle devrait être là.

On aurait pu croire qu'il jouait le père exigeant, c'était tout le contraire. Toute la tendresse, l'amour absolu qu'il vouait à notre fille, transparaissait dans son intonation. Simplement, il fallait qu'il trouve quelqu'un sur qui se défouler. La seule personne contre laquelle il aurait été incapable d'élever la voix en sa présence. Lui et moi le savions.

— Elle avait une fête, je l'ai forcée à y aller.

— Tu as eu raison, Lisa a besoin de prendre l'air et de s'amuser.

— C'est ce que je lui répète à longueur de temps.

— Je n'en doute pas…

— Vasco, regarde-moi.

Il vida son verre, s'en servit un autre, et finit par m'obéir.

— Ça va aller, d'accord ? lui demandai-je. On passe un bon moment, un merveilleux moment même. Je veux que ça continue. Je refuse qu'une discussion qui ne mènerait à rien nous le gâche. Sinon, j'appelle mes sœurs, je leur dis de ne pas venir et je te renvoie chez toi !

Il dodelina de la tête pour chasser ses mauvaises pensées, et retrouva son sourire.

— Toi, alors ! Tu m'auras tout fait !

La porte d'entrée s'ouvrit avec fracas et nous interrompit. Inutile de me fatiguer pour accueillir mes sœurs et leurs maris. Ils connaissaient le chemin et savaient où nous trouver. Suzanne et Anita arrivèrent avec une brassée de fleurs, déposèrent des baisers sur mes joues, se chargèrent dans la foulée de trouver un vase et de mettre le bouquet dans l'eau. Elles n'étaient pas jumelles, mais on aurait pu s'y méprendre. Que l'une bouge, l'autre la suivait. Elles se comprenaient d'un regard. Elles avaient tout fait ensemble, et pareillement, avec et malgré leurs dix-huit mois d'écart. Elles inspectèrent le menu et gratifièrent Vasco d'un clin d'œil appréciateur, avant de s'installer de concert de part et d'autre de leur petite sœur et de piailler dans l'instant. Mes beaux-frères, après m'avoir embrassée, même s'ils avaient interdiction formelle de s'approcher de la marmite, se joignirent à notre chef. Leur amitié virile depuis leurs années étudiantes avait survécu à notre divorce, ce qui ne m'avait pas étonnée. Le contraire m'aurait attristée. Pour rien au monde je n'aurais souhaité briser le lien qu'ils entretenaient depuis bien avant mon entrée dans la vie de Vasco.

À vingt-cinq ans, je ne savais pas quoi faire de ma vie. Sans diplômes, et après une période sombre de deux longues années, je travaillais dans le restaurant de mes parents, sans plus d'ambitions ni savoir qui j'étais. Je n'attendais rien. Sinon que le temps passe.

Mes sœurs connaissaient tout de moi ; mes bonheurs, mes malheurs, mes erreurs, mes réussites, mes doutes et mes secrets. Elles étaient mes amies, mes confidentes, mes ennemies parfois, mes garde-fous, mes socles. Elles s'étaient mis en tête de m'extraire de la routine dans laquelle je m'étais enfermée, et je subissais un véritable harcèlement de leur part à cette époque. « Rencontre du monde, fais-toi des amis », me répétaient-elles à longueur de temps. Sachant pertinemment que je ne pourrais plus lutter contre elles – j'avais usé leur réserve de patience –, j'avais fini par céder et accepter de les rejoindre à un dîner avec tous leurs amis chez Suzanne. Espérant qu'elles me laisseraient ensuite en paix pour un moment, j'avais fait en sorte d'être présentable.

Pour la sauvage que j'étais, me retrouver propulsée au milieu de tous ces gens, ces inconnus qui travaillaient avec fougue, étaient en couple pour certains, le choc avait été rude, tant j'étais en décalage avec eux. Vasco était arrivé après tout le monde. Il avait fait sa ronde de bises, moi comprise, il m'avait dit « ravi de te rencontrer, Madeleine » et avait enchaîné sur la personne suivante. J'avais passé l'apéritif assise sur un coin de canapé, sans ouvrir la bouche, me contentant de les observer – lui particulièrement. Plus les minutes défilaient, plus je ne voyais que son sourire à lui, je n'entendais que les mots gentils qu'il avait pour chacun. À de nombreuses reprises, nos regards s'étaient croisés, et je m'étais sentie moins oppressée. La stupeur de découvrir que mon cœur pouvait battre me tétanisait. Je m'étais retrouvée à table à côté de lui, me demandant ce que j'allais pouvoir lui raconter.

— Je ne te mettrai pas mal à l'aise en te demandant ce que tu fais dans la vie, c'est insupportable, ces questions à la noix, m'avait-il dit en se penchant vers moi. En revanche, je m'interroge sur ta présence, alors que très clairement, tu préférerais être n'importe où plutôt qu'ici !

Je m'étais retournée vers lui, stupéfaite.

— Comment peux-tu savoir ça ?

Il avait passé une main nerveuse dans ses cheveux.

— Tu m'intrigues. Tu es différente… Tu sembles survoler cette soirée, qui, entre nous, ressemble à celle de la semaine prochaine, et à celle de la semaine dernière.

J'avais ri parce qu'il était drôle, qu'il n'avait peur de rien, et qu'il me charmait. Du coin de l'œil, j'avais aperçu mes sœurs se tourner dans ma direction, surprises de m'entendre. Je les comprenais, moi-même je l'étais. Rire, je ne savais plus ce que c'était jusqu'à la minute précédente.

— Elles m'ont forcée à venir, lui appris-je en les désignant de la tête. J'ai voulu leur faire plaisir.

— Mais tu voudrais être ailleurs…

J'avais acquiescé timidement.

— Où ?

Je m'étais redressée contre le dossier de ma chaise, il me souriait toujours, sincèrement intéressé par moi.

— Où je voudrais être ? Je ne sais pas… à l'autre bout du monde, par exemple… mais déjà pour commencer, dans un troquet tout calme au coin de la rue.

— Eh bien, allons-y !

— N'importe quoi.

— Je suis sérieux, je veux te connaître, je ne veux pas attendre, et tu ne veux pas être ici. Moi non plus, alors…

Il s'était levé.

— Que fais-tu ?

— On y va ?

Il m'avait tendu la main.

— Je ne sais pas de quoi tu as peur, mais fais-moi confiance, Madeleine.

Sans réfléchir, sans paniquer, je lui avais donné ma main, il l'avait délicatement serrée. Je m'étais sentie sereine, bien, tout simplement pour la première fois depuis des années. Nous nous étions enfuis, sans que cela choque personne. J'avais appris par la suite que les changements de programme de Vasco étaient fréquents et n'étonnaient plus.

À cet instant, personne ne se doutait que nous tomberions amoureux, que nous nous marierions, et aurions une fille, pour finir par réaliser que nous étions bien meilleurs amis que mari et femme. Alors, c'était certain que les voir aujourd'hui encore liés à ce point ne pouvait que me réjouir.

Les rires et la bonne humeur résonnèrent chez moi toute la soirée, et je me repaissais de ce bonheur gratuit, simple, sans faux-semblants, malgré les quelques regards voilés qui s'imposaient par moments aux uns et aux autres. J'engrangeais pour je ne sais où leurs sourires, leurs éclats de rire. Ils étaient encore mon carburant. Et je voulais par-dessus tout que les miens le soient pour eux. Eux en avaient besoin. Pas moi.

De temps à autre, je me mettais en retrait et admirais la scène que nous offrions. Tout allait bien, tout était parfait.

À la réflexion, je regrettais que ma Lisa n'y participe pas.

– 3 –

Quelque part

Aucune fenêtre fermée pour cette nuit de tempête. À défaut de m'y jeter les bras en croix, je devais la sentir proche, elle devait m'envelopper. Je ne jouais pas, je martelais mon piano, je lui faisais extraire cette violence, je hurlais, je l'appelais.

Je maudissais la Terre entière, Dieu et tous les saints. Pourquoi m'empêchaient-ils encore une fois d'en finir ? Toute ma vie, j'aurais attendu qu'elle se termine. N'étais-je qu'un pleutre ? Mon temps n'avait-il été occupé qu'à me trouver des excuses pour ne pas sauter ?

J'avais fini par apprécier la compagnie de cette douleur qui me rongeait. Elle était fidèle, elle ne m'abandonnait jamais, pas même lorsque, comme cette nuit, je me gavais d'alcool et de médocs. Elle n'était jamais bien loin. Nous partions tous les deux, tels de vieux amants, dans notre monde où apesanteur et réalité n'avaient plus de prise.

Je devais lui reconnaître une qualité ; elle m'avait rendu insupportable. D'une certaine manière, j'avais la paix. Toutes les personnes dont je m'étais encombré au fil des années avaient fini par s'éloigner. Avais-je voulu d'elles, d'ailleurs ? Pas certain. Je les avais juste tolérées. Elles étaient entrées dans mon existence lors de mes rares moments de faiblesse.

Ce temps-là était révolu.

Plus de femme. Plus d'agent. Plus de concerts. Plus de tournées. Plus de récitals.

La paix.

Le vide.

Mes démons, mon piano et moi en tête à tête.

Seul Nathan s'accrochait encore. Il allait devoir grandir une bonne fois pour toutes.

Ce soir, j'avais été au bord du précipice.

Ma patience atteignait ses limites.

– 4 –

Autre part

Je vagabondais dans mon appartement, lumières éteintes. L'éclairage de la rue pour seule compagnie. Je repoussais le moment d'aller me coucher. J'étirais le temps, je le distordais. J'observais les détails de mon univers avec attention, je le mémorisais, tout en me demandant à quoi cela pourrait me servir. Peu importe. Pourquoi me serais-je privée de ces instants que j'affectionnais de plus en plus ? J'avais alors le sentiment que tout s'arrêtait. Je m'offrais une plongée dans certains de mes souvenirs, je réfléchissais calmement, sereinement à ce qui était en train d'arriver. Au gré de mes déambulations, je laissais glisser ma main sur le bois des meubles, ou je l'enfonçais dans les coussins, savourant la douceur du tissu, souriant de ces sensations.

Si l'une de mes sœurs ou Vasco étaient entrés à l'improviste, ils m'auraient prise pour un fantôme flânant en chemise de nuit dans l'obscurité. Je leur avais pourtant promis de me glisser dans mon lit sitôt qu'ils seraient partis.

Tout avait été remis en ordre, un peu comme si cette soirée n'avait jamais eu lieu. Ce qui aurait été bien dommage. Les restes, et plus encore, rangés dans le frigo pour que je m'alimente correctement les jours suivants. Le bouquet pour mettre un peu de vie dans le séjour. J'y nichai mon nez, les roses sentaient si bon. On ne devrait jamais oublier le parfum des fleurs. Il a comme un goût d'enfance. Il procure une énergie paisible. J'avais oublié que j'aimais ça. Suzanne et Anita pensaient à tout. Elles me gâtaient. Trop peut-être.

Je souris en découvrant un dossier de Vasco sur la console de l'entrée. Demain, il prétexterait l'étourderie et passerait en coup de vent le récupérer, et par la même occasion s'assurer que tout allait bien pour moi, et que Lisa resterait à mes côtés pendant le week-end. Sa tendresse et sa présence étaient plus que réconfortantes, mais elles n'en étaient pas moins culpabilisantes. Le contraire de ses intentions, j'en avais parfaitement conscience. S'il avait eu accès à mes pensées, il m'aurait, à n'en pas douter, incendiée. Je connaissais ses emportements. Aussi usais-je de ma capacité à dissimuler les conflits qui m'agitaient.

Je mettais tout en œuvre pour ne pas être un poids pour lui, mes sœurs et encore moins ma fille, mais ils étaient bien trop forts face à moi. Comment lutter contre eux ? Impossible. Ils voulaient me soutenir, m'épauler, profiter encore et encore, tant que cela allait. Du moins tant que l'illusion opérait. J'aurais tant aimé les décharger, les délester de cette surveillance, de cette attente qui les épuisaient davantage que moi et surtout les empêchaient de mener leur vie.

J'en venais parfois à rêver que ça aille vite.

Plus vite encore que prévu.

Si je sondais les tréfonds de mon âme, il était clair que j'avais envie d'en finir dès maintenant, mais je manquais de courage pour assouvir ce désir inavouable, et légèrement morbide.

Morbide, le mot juste.

J'allais mourir.

Je le savais.

Ils le savaient.

Sans ironie aucune, nous vivions avec.

C'était une question de temps. Quelques mois tout au plus. L'avantage était que nous en avions conscience, on ne nous avait laissé aucun espoir. Malgré leur combativité, mes sœurs, toutes deux médecins, avaient dû se ranger à l'avis de leurs confrères. J'avais mené une guerre pendant un an sans jamais baisser les bras. Mais un mois plus tôt, les résultats avaient parlé d'eux-mêmes. J'avais perdu.

Ma vie s'arrêterait sous peu.

On doit tous mourir un jour. Je pensais simplement avoir plus de temps. Quarante-trois ans, c'est assez peu au bout du compte. J'allais devoir m'en contenter. Qu'y pouvais-je ? Rien. Plus personne n'y pouvait rien.

Une seule injustice m'assaillait. La pire d'entre toutes. Infliger une telle épreuve à ma fille. Je remerciais l'entité supérieure – si tant est qu'elle existe – de partir avant elle, les parents doivent se retirer avant leurs enfants. Mais se retrouver orpheline de mère à dix-huit ans ne devrait pas être permis. Un enfant ne devrait pas avoir à vivre un tel drame, une telle rupture si tôt dans sa vie. Comment allait-elle continuer à se construire ? Je n'étais pas triste pour moi de rater de grands événements dans sa vie, j'étais effondrée à l'idée qu'à chaque étape importante elle soit remplie de chagrin, qu'elle pense « Qu'aurait dit maman ? » ou « Pourquoi maman n'est-elle pas là ? », « Je voudrais l'avis de maman ». Où je serais, je ne souffrirais pas. Elle, en revanche, aurait à subir les assauts de cette réalité. Mais contre ça non plus, nous ne pouvions rien.

Après l'annonce fatale, j'avais pleuré des torrents de larmes au fond de mon lit ou enfermée dans les toilettes pour qu'on ne me voie pas flancher, mais très vite, j'avais pris une décision. Lisa ne conserverait pas comme souvenir de sa maman l'image d'une femme abattue lui égrainant tout ce qu'elles ne vivraient pas toutes les deux. Je devais au contraire lui donner la force de vivre et d'aller de l'avant. Sans moi. Mon rôle était de la nourrir de tout mon possible avant de disparaître de sa vie. L'unique solution qui s'offrait à nous ? L'accepter. J'avais consacré une partie de mon énergie à transmettre ce message à mon entourage. Lisa avait toujours suscité mon admiration, mais là, davantage encore, elle faisait preuve d'une maturité étonnante et était ma meilleure alliée dans ce combat. Nous refusions l'une comme l'autre de perdre le peu de temps qu'il nous restait à vivre ensemble à lutter contre l'inéluctable et nous appesantir sur notre sort. Notre famille avait fini par céder devant mon insistance à nous fabriquer de nouveaux souvenirs. Les derniers.

Depuis cet instant, j'étais en paix.

Je ne répondais plus à aucune question, tandis que je mettais mes affaires en ordre et poursuivais tant bien que mal mon reste de vie. Si d'aventure on me demandait « Qu'est-ce que tu as ? », je répondais qu'on s'en moquait royalement. Là n'était plus la question. La finalité était la même. Quand on connaît la fin, pas besoin d'avoir le début, si ce n'était pour satisfaire une forme de voyeurisme. Le diagnostic ne sert plus à rien. Seuls comptent le point final et ce que l'on vit en attendant qu'il s'inscrive sur le papier.

J'étais dans mon lit. Je fixais le plafond. Je luttais contre mes angoisses. J'avais beau présenter un visage serein, il m'était bien difficile, pour ne pas dire impossible, de ne pas avoir peur. Surtout la nuit. Surtout lorsque je me retrouvais allongée. Chaque soir, je me demandais si je serais dans cette position quand tout s'arrêterait. Quand mon corps cesserait de batailler. Je n'aurais pas dû, ce n'était pas bon. Mais comment ne pas y penser ? C'était humain, non ? Comment ne pas me demander, au moment de m'endormir, si je fermais les yeux pour la dernière fois ? Quand je combattais les assauts du sommeil, ma respiration s'emballait – ce qui me fatiguait et m'affaiblissait inutilement – tant la terreur que ce soit la fin m'oppressait. Je m'accrochais à un pseudo-sixième sens pour me convaincre que je sentirais le moment venir. Il n'était pas encore arrivé. Il ne tarderait pas, mais j'avais encore un peu de répit. Je me rassurais comme je pouvais.

C'est très étrange de savoir que l'on va bientôt mourir. Je me retrouvais face à des questionnements improbables. Où voudrais-je être à cet instant, si j'avais le choix ? Avec qui ? Souhaitais-je être seule ? Quel visage choisirais-je de voir au dernier moment ? Serais-je encore consciente ? Ou serais-je tombée dans des limbes qui me protégeraient du chagrin de Lisa, de Vasco, de mes sœurs ? Cela pouvait paraître fou, mais je refusais de fuir. Si j'avais le choix, j'exigerais d'être présente, d'avoir la capacité de leur dire au revoir et combien je les aimais.

Une autre question me hantait. Une question à laquelle j'étais toujours incapable de répondre. Je la repoussais tant que possible. Peut-être parce que la réponse m'aurait fait souffrir et que j'estimais qu'en termes de souffrance, j'avais déjà mon lot.

Avais-je des regrets ?

– 5 –

Quelque part

Un courant d'air frais me dérangea, moins tout de même que la lumière agressive du jour. Et ce bruit, cette agitation autour de moi. Que ça cesse !

— Papa… Tu as encore joué toute la nuit !

Pourquoi Nathan me parlait-il ? Que faisait-il ici ? Et le reproche dans sa voix. Il devait me rejoindre plus tard. Il était d'ailleurs convenu que j'aille le chercher à la gare. Ce qui m'aurait laissé le temps de me remettre en état, d'entretenir un mythe auquel pourtant il ne croyait plus.

— Allez, debout !

Contraint et forcé, doutant de la réalité de sa présence, j'ouvris un œil peu amène. Le visage narquois de mon fils au-dessus du mien. D'où lui venait cette énergie ? Ce sourire d'une lumière incomparable. Pas de moi, c'est certain. Mon corps grinça alors que je me relevais du canapé. Je me souvenais à peine de l'instant où je m'y étais écroulé. Seule certitude, Nathan n'était pas là. Tout en massant mes tempes pour soulager une migraine vicieuse, j'observai mon fils entamer le tour des lieux. Son air désabusé face au champ de ruines. Il saisit la bouteille, jaugea le niveau – inexistant – et me lança un regard affligé.

— Tu bois trop, soupira-t-il. J'ai bien fait de débarquer plus tôt que prévu.

Une fois debout, je dus prendre quelques secondes pour me stabiliser. Quand je me sentis assez solide, j'avançai vers lui. Sans un mot, j'embrassai son front et m'éclipsai en direction de la salle de bains. Je devais m'extirper de la brume dans laquelle je flottais.

Lorsque je le rejoignis un peu plus tard, je découvris la cuisine rutilante, et rendue chaleureuse par sa seule présence. Il avait rangé le séjour dévasté par le vent et la pluie que j'avais laissés pénétrer. Les rôles s'inversaient. Il s'occupait du petit déjeuner de son père. Il me nourrissait pour se rassurer, pour prendre soin de moi. Il jouait avec nos souvenirs heureux de sa petite enfance, les rares fois où je lui avais préparé des œufs. Il allait falloir le délivrer de ce poids. Il déposa mon assiette sur la table en m'ordonnant silencieusement de manger. J'endossai le même air narquois que le sien – sans trop de difficultés, puisqu'il tenait tout du mien – et le provoquai sans trop savoir pourquoi. Je remplis ma tasse de café et allumai une cigarette. Il leva les yeux au ciel en riant.

— Tu es pire qu'un gamin, papa !

Je lui rendis son rire. Inutile de l'agacer, aussi écrasai-je mon mégot et pris place à table. Il s'assit en face de moi et planta sa fourchette dans son omelette. Il avait un teint éclatant. D'où pouvait-il venir ? Je le saurais bien assez tôt.

— Pour combien de temps es-tu là ? lui demandai-je après avoir avalé une bouchée.

— Je ne sais pas… quelques semaines. Peut-être plus, peut-être moins.

Jusque-là, il n'avait été question que de quelques jours. Nathan ne pouvait pas rester aussi longtemps. Il me fallait trouver un moyen pour qu'il reprenne sa route. Qu'il la prenne totalement et sans moi.

– 6 –

Autre part

Mes paupières étaient si lourdes. J'avais pourtant affreusement envie de les ouvrir. Impossible. J'avais du plomb à la place de la peau. Je percevais du mouvement autour de moi. Rien d'agressif. Bien au contraire, plutôt une présence douce. La lumière n'était pas crue, elle était diffuse. Une chaleur effleurait mon visage. Le tissu bruissait. Je maudissais ma faiblesse matinale. Mon corps s'éteignait presque totalement lorsque je finissais par m'endormir. Le sommeil lui accordait une pause dans son combat permanent. Mais là, j'aurais aimé être vive. Me lever comme avant. D'un coup. Les cheveux en bataille. Mes poings frottés sur mes yeux avant de les ouvrir en grand. J'étais envahie d'une telle curiosité pour découvrir ce qui se passait autour de moi. Je tentai péniblement et en vain de bouger, ne serait-ce que de remuer légèrement sous ma couette. J'étais écrasée par mes douleurs, par tout ce qui se détraquait à l'intérieur de mon corps. Mes facultés s'anéantissaient les unes après les autres, sans que je puisse rien faire.

— Maman, ne te dépêche pas, murmura la jolie voix de Lisa.

Ma langue collée à mon palais, ma bouche rendue pâteuse par la tonne de médicaments que j'ingurgitais m'empêchèrent de lui répondre par autre chose qu'un gémissement qui me parut pathétique. J'avais honte. Je n'aimais pas que Lisa me voie ainsi, même si le malheur voulait qu'elle en ait l'habitude.

— On n'est pas pressées.

Son ton plein d'entrain me donna envie de pleurer. J'étais désespérément fragile au réveil. Un rien pouvait m'anéantir.

— Non ! Non ! Non ! On est samedi, on a le droit d'avoir la tête à l'envers, maman.

Elle caressa ma joue et mes larmes disparurent. Elle se glissa sous les draps, m'aida à reprendre une position plus confortable, et cala sa tête dans mon cou. Elle enroula son bras autour de moi et distilla sa chaleur sur ma peau. Je réussis à pousser un soupir de bien-être.

— Tu veux que je te raconte ma soirée pour te réveiller ?

Je réussis à hocher la tête. Elle prit tout son temps pour me parler de ses copains, de la sangria et des pizzas chauffées au micro-ondes. D'Untel qui l'avait draguée et qu'elle avait rembarré. De sa manière de danser et de chanter comme une folle furieuse, à ma place. Nous avions un pacte toutes les deux. J'avais exigé sa promesse de danser et de chanter toute sa vie, même après moi – surtout après moi – alors même que cela n'avait jamais été dans mes habitudes. En revanche, cela avait toujours été dans les siennes et je refusais que mon départ la change à jamais.

Lisa avait toujours été habitée par la joie, les rires et la malice. À elle seule, elle incarnait la vie. Elle était arrivée sans crier gare, sans que Vasco et moi y soyons préparés, encore moins prêts à l'accueillir. À cette époque, nous étions jeunes et n'avions jamais abordé la question de fonder une famille. Elle était l'accident de notre amour. Le plus délicat, le plus doux des accidents. Nous étions devenus parents au moment où nous nous lancions tête baissée dans la création de notre agence de voyages. C'était ce bébé-là que nous attendions, pas un vrai de chair et d'os qui pleure, qui grandit, qui demande du temps. Autant j'avais paniqué, pas loin de repousser notre projet professionnel, autant Vasco armé de son énergie légendaire avait été prêt à relever le défi. Je l'entendais encore me dire : « Madeleine, c'est un bébé du monde qu'on va faire ! » Il avait raison, c'est exactement ce que nous avions fait. Dans mon ventre, et toutes les premières années de sa vie, Lisa avait fait le tour de la planète, dormi dans des endroits exotiques et improbables, goûté à toutes les gastronomies et grandi en chantant et dansant, jamais dans notre ombre. Elle avait pris sa place. Nos voyages l'avaient très vite rendue autonome. Je refusais de penser que nous l'avions forcée à grandir trop vite. Je n'aimais pas cette idée, je ne voulais pas imaginer que notre vie semi-nomade durant ses premières années l'avait privée de sa petite enfance. Ces derniers temps, nous abordions souvent cette question. Lisa me rassurait en partageant ses souvenirs. Elle trouvait toujours le moyen de se faire des copains, elle n'avait jamais craint de s'imposer. Elle arrivait, demandait par des signes, des pirouettes et des sourires si elle pouvait jouer avec les enfants qu'elle rencontrait, et tout le monde lui tendait les bras. Combien de fois l'avions-nous laissée jouer pendant nos rendez-vous, gardée par des quasi-inconnues tombées sous son charme à qui nous accordions notre confiance d'un regard ? Impossible de le savoir. Et quand nous la retrouvions, toujours elle dansait, toujours elle chantait.

Rien, pas même la perte de sa mère, ne devait lui voler ce trésor de lumière qu'elle possédait.

— Je suis fière de toi, réussis-je à lui dire.

Elle resserra son étreinte et nous restâmes l'une contre l'autre un temps infini.

— Tu crois que tu vas pouvoir te redresser ? me demanda-t-elle, après de longues minutes.

— Oui. Je vais y arriver.

Elle me lâcha et s'éloigna. Mes yeux s'ouvrirent enfin et rencontrèrent son si beau visage. Son regard vert doré nimbé de retenue, qui paraissait-il était semblable au mien. Au mien, avant. Elle me sourit avec toute la force qui l'animait. J'y puisai ce qui me manquait encore, et pris appui, non sans grimacer, sur mes bras. Lorsque je fus adossée à la tête du lit. Lisa cala des oreillers dans mon dos.

— Je vais chercher le petit déjeuner !

Elle disparut, et je profitai de cet instant pour reprendre mon souffle après l'effort que me redresser m'avait demandé. La sueur froide s'était dissipée lorsque ma fille revint. Elle déposa un plateau sur mes genoux et s'installa à mes pieds avec le sien. Un thé léger et des biscottes m'attendaient. Les seuls aliments tolérés au réveil.

Je fus incapable de dissimuler mon manque d'entrain face à ce menu.

— Je sais que tu voudrais autre chose.

— Combien donnerais-je pour un immense bol de café bien noir !

— Dans une heure ou deux, tu t'en fais un, mais pas fort ! O.K. ?

— Promis. Je me contenterai d'une pisse de chat, du moment que ça ressemble un minimum à du café !

Elle rit. Je poussai un profond soupir de lâcher-prise. Nous passerions une bonne journée. Dans quelques heures, je serais « en forme » pour elle. Pour nous deux.

– 7 –

Quelque part

Depuis son arrivée, Nathan m'empêchait de penser. Il envahissait mon espace, perturbait mes habitudes. Il relevait mes manies, les pointait et me tendait des pièges pour que je m'en guérisse. Impossible de lui faire entendre que c'était ce qui me stabilisait. Pour contenir la violence qui bouillonnait en moi et dont il avait parfaitement conscience, il me faisait courir ou m'entraînait dans de longues marches sur le sentier des douaniers. Il entreprenait un grand rangement de printemps dans la maison en exigeant que j'y participe, il voulait ouvrir des cartons de déménagement jamais déballés, me demandant comme s'il avait cinq ans « C'est quoi, ça ? ». Il riait lorsque je lui gueulais dessus. Il cuisinait pour nous deux. Le tout en déversant un flot continu de paroles. Il me racontait ses expéditions en bateau, ayant trouvé le moyen de se faire embaucher sur des navires d'exploration scientifique. Il avait cédé aux sirènes de la protection de la planète. Monde inconnu pour moi, mais qui l'épanouissait. C'était bien là le principal. Au grand dam de sa mère, les études ne l'intéressaient pas. Il trouvait sa voie à sa manière, et moi, je le laissais faire. Je lui offrais la liberté que je n'avais pas eue. C'était le moins que je puisse faire pour lui. Se considérant comme désormais adulte, il se plaçait au niveau de son père. Il avait donc aussi pris le pouvoir sur mon traitement, qu'il me délivrait à heures fixes. Je le suspectais d'avoir parlé avec mon psychiatre pour s'assurer des doses. Il connaissait ma main lourde.

Nathan venait de descendre sur la plage. Il avait accepté de me laisser seul. Enfin… Il se retourna, sentant certainement que je l'observais depuis la terrasse. Il me fit un grand signe de la main, sourire aux lèvres, et repartit. La colère m'envahit. Pourquoi s'accrochait-il à moi de cette façon ? Pourquoi rendait-il les choses plus difficiles ? Je rentrai dans la maison, incapable de le regarder plus longtemps. Le bar était fermé à double tour, tout comme la pharmacie. Il avait oublié d'être con. Ce qui n'était pas plus mal, sauf en ce qui me concernait. Même après dix-neuf ans, être aimé par mon fils me semblait toujours aussi irréel.

Si j'avais été un autre homme, j'aurais dû me réjouir de rattraper le temps perdu avec lui. En y réfléchissant, je ne l'avais que très peu vu durant son enfance.

Je ne l'avais pas élevé. Sa mère non plus. Une cohorte de nounous s'était chargée de lui. Elles n'avaient pas trop mal réussi. Il était bien plus équilibré que moi – pas bien difficile, me direz-vous – et il semblait heureux.

Sentiment que je n'avais jamais éprouvé.

À une exception près.

– 8 –

Autre part

Après plusieurs jours à subir les assauts de la maladie, je me réjouissais de reprendre le chemin de l'agence. J'avais suffisamment récupéré ; y aller n'exigeait pas trop d'efforts, puisque nos bureaux se situaient deux étages en dessous de mon appartement. Je m'y rendais dès que je me sentais un tant soit peu en forme, ne serait-ce que pour une heure ou deux. J'en avais besoin. La passivité m'effrayait. Elle m'angoissait, je devais le reconnaître. Je me raccrochais à une miette de normalité. Tant qu'il me resterait un souffle d'énergie, j'en profiterais.

Et puis, j'aimais notre agence de voyages, l'ambiance que nous avions créée et qui perdurait, malgré les changements, les nouvelles têtes. Elle avait été mon quotidien – notre quotidien – pendant si longtemps. Depuis notre rencontre, à vrai dire ; c'était le projet de Vasco, et il m'avait entraînée à ses côtés. Cette agence de voyages avait cimenté notre lien, notre histoire.

Nous lui devions cette amitié sans faille qui avait su dépasser notre divorce. Nous avions traversé tous les continents, main dans la main, dans la joie de la découverte, les galères, les contrariétés et les victoires à la recherche de destinations peu fréquentées. Nous pouvions être fiers de notre réussite. Nous avions énormément travaillé, mais nous nous étions aussi follement amusés. L'enthousiasme que mettait Vasco en tout m'avait ouvert un monde inconnu. J'avais appris le partage, le plaisir de la rencontre avec l'autre, et enterré totalement celle que j'avais été avant.

Nous formions une équipe, nous étions de formidables partenaires, nous complétant, nous comprenant d'un regard, mais nous étions tout sauf des amoureux. Vasco était davantage marié à l'agence de voyages qu'à moi, et cela ne me posait aucun problème, je n'éprouvais aucun manque d'amour, n'ayant aucune propension à l'explosion des sentiments. Un beau jour, Lisa avait sept ans, nous avions enfin pris conscience qu'il n'y avait pas de désir, pas de passion, pas de sensualité entre nous, pas d'appel viscéral l'un vers l'autre. Nous avions donc cessé de jouer au couple, mais plutôt laissé éclater au grand jour notre amitié fusionnelle, totalement asexuée. Nous ne devions notre fille qu'à la fougue – attendue – des débuts. Fougue très vite disparue. Pour autant, nous étions inséparables, et avions été strictement incapables de mettre de la distance, ni même de songer un seul instant à ce que l'un de nous deux quitte l'agence.

Nous avions poursuivi notre travail et notre ascension. L'agence était notre deuxième maison, nous y avions mis toutes nos forces, notre énergie. Après Lisa, seule comptait l'agence. Jusqu'il y a peu de temps encore, son avenir était une question de vie ou de mort. Malgré mon état, j'en étais toujours convaincue. J'avais pourtant parfaitement conscience de n'être plus qu'une figurante, quand je m'y rendais. C'était ainsi, mais j'avais la satisfaction d'avoir réussi à créer une jolie entreprise avec Vasco, de profiter encore des sourires des uns et des autres, et d'échanger avec nos correspondants aux quatre coins du monde.

En franchissant la porte, je fus prise d'un vertige qui passa, heureusement, aussi inaperçu que moi. Inutile d'affoler les troupes. Je me reposai contre le mur de l'entrée et observai l'activité bouillonnante. Ils s'agitaient en tous sens, s'interpellant, le téléphone vissé à l'oreille, de grandes planches à la main. Vasco, toute l'équipe ainsi que notre nouvelle associée – ma remplaçante. Ils étaient en pleine validation du catalogue de l'année prochaine. Catalogue dont je ne verrais jamais le résultat. Comment n'y avais-je pas pensé plus tôt ? Peut-être parce que d'autres soucis occupaient mon esprit… J'avais pourtant travaillé dessus avec acharnement. Je me revoyais, quelques mois auparavant, préparer la première maquette avec le graphiste, ou encore rédiger les textes de nos nouvelles destinations dénichées et visitées par Vasco. Je ne saurais pas si nos dernières pépites rencontreraient le succès escompté. Je n'entendrais pas Vasco pousser des cris de joie quand il remporterait de nouveaux marchés, ou encore lorsque les séjours afficheraient complet. Je ne serais plus là.

C'était rare, mais un furtif et violent élan de colère m'étreignit. J'aurais voulu avoir la force de frapper. N'importe quoi aurait fait l'affaire. Impossible.

C'était fini.

La mort est dégueulasse.

Je traversai l'agence sans qu'on me remarque. J'étais déjà partie. Ils avaient déjà perdu l'habitude de mon existence, ils avaient la leur à mener. Ils continuaient. Je disparaissais. Je les voyais. Eux ne me voyaient plus. À quoi bon me demander ce que je pensais de tel ou tel détail ? Je n'avais pas d'avenir, contrairement à eux.

J'étais déchirée. Que les autres vivent sans moi était mon souhait le plus cher, je refusais qu'ils attendent mon départ pour poursuivre leur chemin. Ce n'en était pas moins douloureux pour autant. Devenir transparente, invisible, n'était pas naturel, n'était pas juste. L'esprit se rebelle, a envie de gueuler « Je suis là, ne m'oubliez pas ! Pas encore. Pas déjà ! »

Mais je n'en avais pas le droit. Je ne voulais pas leur imposer la culpabilité de vivre.

On ne doit pas culpabiliser de vivre.

On doit savourer. Jouir de la vie.

Encore et encore.

Le voile noir commençait à me recouvrir. J'étais une ombre.

Je ne pensais pas qu'une ombre pouvait souffrir. Je me trompais.

Assise derrière mon bureau, la porte ouverte, je les regardais vivre, travailler, se charrier, se réjouir du résultat. Sans moi. Je n'avais plus ma place ici.

Cette prise de conscience me facilitait la tâche, ainsi que celle de Vasco. Je prenais simplement de l'avance. Je n'avais pas prévu d'organiser un pot d'adieu. Je ne changeais pas de travail, je mourais. Range-t-on ses affaires, dans ces cas-là ? Redonne-t-on ses clés ? En étais-je capable, d'ailleurs ? Aucune idée. Devais-je laisser une trace égocentrique de mon passage ? Pour leur rappeler à tous que j'avais créé l'agence avec Vasco. Qu'il n'avait pas été seul à entamer cette aventure fabuleuse et passionnante qui avait occupé une grande part de ma vie. Ou devais-je m'effacer totalement et effacer tout signe de ma présence ?

Je n'avais jamais aimé abandonner du désordre derrière moi. Aussi, dans la mesure de mes moyens, me lançai-je dans le rangement. Je n'avais rien d'autre à faire. On ne me confiait plus aucune mission. Impossible de savoir si je la mènerais à son terme. Les fragments de dossiers auxquels je ne touchais plus depuis des semaines – tous avaient déjà été repris – finirent les uns après les autres dans la corbeille à papiers. Les éléments les plus importants et confidentiels s'empilèrent sur une étagère, dans une pochette au nom de Vasco. Il saurait parfaitement qu'en faire le moment venu. Je me retins d'y jeter un coup d'œil ; ne pas prendre le risque de m'y replonger ni de faire surgir des souvenirs merveilleux qui affaibliraient ma détermination à en finir ici une bonne fois pour toutes.

La partie la plus symbolique : décrocher les cadres du mur. Des photos de nos voyages, de nos correspondants locaux. Moi avec eux. Moi avec Vasco. En forme. En vie. Ils en feraient ce qu'ils voudraient. Cela ne me concernait plus. Au moins, ils ne rencontreraient plus mon visage en pénétrant dans cette pièce. Je devenais actrice de ma disparition. Je m'effaçais de leurs souvenirs. Mon corps réagissait. Des douleurs me saisirent, et une nausée. Irrépressible. Il rejetait ma décision. Mais il ne gagnerait pas. Pas maintenant. Pas encore.

— Madeleine, qu'est-ce que tu fais ? me demanda Vasco, que je n'avais pas entendu arriver.

Les yeux clos, j'inspirai et expirai profondément pour me reprendre. Qu'il ne voie surtout pas que je me sentais mal.

— Je vide mon bureau, lui répondis-je en l'affrontant.

Il fronça les sourcils, étonné et mécontent.

— En quel honneur ?

Je lâchai un ricanement désabusé.

— Je m'en vais.

— Non ! cria-t-il.

J'eus brusquement chaud, et l'épuisement s'abattit sur moi. Je m'écroulai dans mon fauteuil.

— Tu ne peux pas continuer à laisser ta nouvelle associée dans un cagibi, lui expliquai-je d'une voix lasse.

— Notre nouvelle associée !

— Vasco, s'il te plaît, arrête. C'est la tienne, pas la mienne.

Son visage se décomposa.

— Y a pas de s'il te plaît ! Tu ne pars pas ! Je refuse que tu t'en ailles ! Ce bureau est le tien. Jamais personne ne l'occupera à part toi.

Il attrapa mes piles parfaites, les éparpilla sur mon bureau. Il explosa la pochette à son intention. Les feuilles volèrent autour de nous. Il alluma mon ordinateur. Il shoota dans la poubelle, défroissa les papiers roulés en boule un peu plus tôt. Je le laissai craquer sans me manifester. Il avait le droit d'expulser la pression qui reposait sur ses épaules. Ma remplaçante était parfaite, mais différente de moi. Il devait apprendre à travailler d'une nouvelle manière. Mais j'étais encore là et c'était plus fort que lui, il continuait à me parler de tout, à me demander mon avis. Ses repères professionnels volaient en éclats, lui qui avait toujours tout maîtrisé, me sachant à ses côtés. Et il ne fallait pas omettre la plus grande responsabilité qui lui incombait : notre fille. Comme il devait avoir peur de se retrouver en tête à tête avec elle, et de devoir la soutenir à affronter mon départ. C'était terrible à dire, mais ma position était plus confortable que la sienne. Bientôt, je n'aurais plus de soucis. Contrairement à cet homme que j'aimais, qui ploierait sous leur poids. Je ne pouvais pas imaginer la tempête qui s'abattrait sur lui.

Il finit par repérer les cadres empilés les uns sur les autres. Il entreprit de les remettre en place avec une nervosité grandissante. Il se dépêchait pour que tout revienne à la normale. L'un d'eux ne tint pas, et se brisa au sol. Nous restâmes de longues secondes, les yeux braqués sur les vestiges de cette photo de nous deux au tout début de la création de l'agence.

— Merde ! gueula-t-il.

Il étouffa un sanglot et envoya un coup de poing dans le mur.

— Pourquoi tu fais ça, Madeleine ? Il te reste du temps… Je t'en prie…

Sa voix tendue me confirmait que j'avais raison. Il était à bout. Je puisai au fond de mes ressources pour me lever. Une sueur froide dégoulina le long de mon dos et sur mon front. Je posai ma main sur son épaule et le forçai à me regarder. Après quelques secondes de résistance, il céda.

Nous étions aussi perdus l'un que l'autre.

On n'apprend à personne à mourir. Je ne pousserais pas le vice jusqu'à penser « bien dommage ». Mais dans des instants comme celui-ci, le manuel n'aurait pas été de trop. Faisais-je finalement tout à l'envers ? Je pensais lui rendre service en préparant l'après-moi, je n'avais réussi qu'à le brutaliser. J'étais pourtant convaincue d'avoir raison, même si ma décision n'était pas dénuée d'égoïsme.

— C'est ridicule que j'attende la fin pour partir, lui dis-je doucement.

— Tu es encore là. Pourquoi te priver de ça ?

— Je suis inutile ici. Et je n'ai absolument pas envie qu'on me le rappelle chaque fois que je viens.

— C'est faux ! J'ai besoin de toi !

— Tu te trompes. Je t'encombre, et je vous encombre tous… Ce bureau doit être occupé par ton associée, plus par moi. Si elle attend que je sois… bref… pour s'installer ici, elle ne viendra jamais. Je te connais, tu serais capable de transformer cette pièce en mausolée.

Il rit tristement, désarmé face à la vérité que je venais d'énoncer. Les secondes filèrent, sa détermination à me faire changer d'avis disparut de ses traits.

— Tu me promets de revenir si tu en as envie ? me supplia-t-il. Laisse-moi croire que tu franchiras la porte à nouveau.

— Je te le promets.

Il appuya un long baiser sur mon front. Je luttai contre mes larmes. Je lui avais fait une promesse qui n'avait aucune valeur. Avant de mourir, on peut tout promettre, la lune, monts et merveilles, cela n'engage à rien. On peut se bafouer, piétiner ses serments, on n'en paiera jamais les conséquences. Je le savais. Vasco le savait. Mais il se souviendrait que je voulais revenir.

— Je n'ai plus qu'à ranger le bordel que j'ai foutu.

— Va bosser, Vasco, tu dois boucler le catalogue, je m'en occupe.

Il attrapa ma main et la serra fort dans la sienne.

— Ils savent très bien se débrouiller sans moi. Permets-moi de rester. On doit le faire tous les deux.

Nous vécûmes ce rangement à l'image d'une séance de travail. Je lui donnais des précisions sur certains documents, il m'en demandait d'autres. Nous échangeâmes sur ses projets, ses voyages plus ou moins programmés en fonction de « moi ». Je l'incitai à proposer à Lisa de le suivre, il me répondit qu'il y réfléchirait. Je n'insistai pas. Nous partageâmes de nombreux fous rires face aux photos. Les souvenirs refluaient, je les acceptais, pour lui, pour moi. Pour ce que nous avions vécu ensemble.

Nous remontâmes le fil de notre histoire.

C'était douloureux.

C'était bon.

Vasco emporta ce qu'il jugea nécessaire dans son bureau, le reste finit à la poubelle. Il disposa l'ensemble de mes cadres dans les parties communes de l'agence. D'un signe de tête, il m'invita à venir voir le résultat. Je luttai de toutes mes forces contre l'émotion. Tout comme lui. Je le sentais à sa manière de broyer ma main. Finalement, je ne disparaîtrais pas totalement de cet endroit. J'étais sur tous les murs, souriante, pétillante, voyageuse. Ils se souviendraient que ma vie professionnelle avait été riche. Je remerciai intérieurement les uns et les autres de ne pas relever l'importance de l'événement.

Mes jambes eurent soudain des difficultés à me porter, je vacillai de plus en plus, Vasco raffermit son étreinte en passant un bras dans mon dos.

— Tu pourrais me raccompagner chez moi ? lui murmurai-je. Je voudrais me reposer avant que Lisa ne rentre de ses cours.

— Si tu es prête, allons-y.

J'envoyai un baiser de la main à toute l'équipe, souriant de tout mon possible, puis, sans me retourner, je pris le chemin de la sortie. Pour la dernière fois.

Quelques minutes plus tard, Vasco m'aidait à m'allonger sur mon lit. Il glissa mon téléphone sous mon oreiller, au cas où… puis il m'embrassa délicatement.

— Je t'aime, Madeleine.

Je caressai sa joue, et lui souris doucement.

— Je t'aime aussi.

Il se redressa, et quitta mon appartement en silence, lui aussi sans se retourner. Il ne vit pas mes larmes.

Je venais de clore un chapitre de ma vie.

– 9 –

Quelque part

Nathan perdait son calme au téléphone avec sa mère. Elle n'admettait pas qu'il soit venu passer du temps avec moi, plutôt qu'avec elle. À ma grande surprise, il avait pris mon parti, ne lui pardonnant pas qu'elle me laisse livré à moi-même. Elle était pourtant intelligente, mais elle aggravait son cas en lui répétant inlassablement qu'il devait rester éloigné de moi, elle craignait que je ne le contamine. « Ton père est fou ! Il faudrait que tu l'intègres une bonne fois pour toutes ! » Si je l'avais eue en face de moi, je lui aurais répondu qu'elle n'avait à s'en prendre qu'à elle-même. Ce n'était ni la faute de notre fils ni la mienne si elle avait été aveugle en ce qui me concernait. Le tableau était pourtant très clair lorsque nous nous étions rencontrés.

Pour ne plus entendre mon fils s'échiner à prendre ma défense, je m'installai à mon piano. Mes mains me trahirent. J'attaquai sans le réaliser un des morceaux que j'avais joués le soir où Carole – celle qui allait devenir sa mère – m'avait « cueilli ». L'ironie voulait que ce soit le dernier thème – dont je n'étais d'ailleurs pas satisfait – que j'avais composé avant un arrêt total de création.

Je détestais les mondanités, mais impossible de me dérober au cocktail donné en mon soi-disant honneur. Mon agent ne m'avait pas laissé le choix. Et puis, cela m'occupait l'esprit, éloignait mon démon, mettait de la distance entre ce que j'avais perdu et ce qui restait de moi. Je traînais mon visage blafard et ma maigre carcasse cintrée dans un smoking qui m'étranglait au milieu de ces gens imbuvables qui n'étaient là que pour être vus à la performance du fils de… Ils ne comprenaient rien à la musique, elle ne les intéressait pas, mais je devais les supporter. J'usais de mon spleen pour les maintenir à distance, personne ne m'approchait tandis que je descendais verre sur verre. Si me considérer comme un artiste maudit les distrayait, qu'ils se fassent plaisir. Bénie soit cette époque où je pouvais allumer une cigarette n'importe où. Alors que je fumais adossé contre un mur, j'avais senti un regard plus insistant que les autres. La curiosité m'avait poussé à relever les yeux. Et j'avais croisé ceux de Carole. Pourquoi cette femme sublime me dévisageait-elle ? La brève attention que je lui avais portée l'avait encouragée à m'approcher. Épuisé par toutes mes luttes, je l'avais laissée m'ensorceler. Quelques heures plus tard, j'étais dans son lit.

Carole avait comblé un vide, elle occupait l'espace où j'aurais pu me noyer, je me réfugiais dans son corps, je l'autorisais à me montrer, à parader avec son pianiste virtuose, sans comprendre ce qui l'attirait en moi. J'étais sombre, comme je l'avais presque toujours été. J'étais asocial. J'étais l'opposé de ce que l'on pouvait considérer comme l'homme idéal.

Nous nous voyions lorsque je n'étais pas en tournée. Cela suffisait à me stabiliser. Quand elle n'était pas là, j'avais la musique. Et quand je n'avais pas la musique, elle était là. D'une certaine manière, je l'aimais. Les premiers temps, elle n'attendait rien de plus que ce que je lui offrais.

Et puis du jour au lendemain, elle m'avait annoncé vouloir un enfant. Avait-elle été saisie de folie passagère ? Ce n'était pas elle qui était dérangée… je l'aurais presque oublié. Ne me connaissait-elle pas, en réalité ? N'avait-elle donc pas vu ce qui couvait en moi, d'où je venais ? Comment l'aurait-elle su ? Personne ne le savait, personne à part l'être que j'avais perdu. Carole ne voyait en moi que ce qu'elle souhaitait que je représente.

Pour la seconde fois de ma vie, j'avais voulu croire que je pouvais mener une vie normale, construire un avenir. Aussi lui avais-je donné cet enfant. Nathan.

Je cessai brusquement de jouer.

Pourquoi avait-elle eu cette idée ? Idée qui allait peu à peu briser l'équilibre que j'avais tenu pour acquis. Comment aurais-je pu imaginer que ma rencontre avec Carole m'offrirait l'amour d'un fils et me pousserait à revenir dans cette maison, vingt ans plus tard ?

— Viens courir avec moi ! s'exclama Nathan sur le seuil de la porte.

Je grognai.

— Arrête de t'enfermer dans ta musique, papa !

– 10 –

Autre part

Lisa partait à la fac. Elle suivait ses cours en dilettante. J'aurais dû le lui reprocher, j'en étais incapable. Pas le temps de me disputer avec elle. Pas l'envie non plus. Quand je tentais malgré tout de lui rappeler qu'elle ne devait rien rater, elle me répondait, mordante, qu'elle avait la vie devant elle pour ses études. Les souvenirs que nous nous fabriquions en ce moment étaient bien plus précieux pour son avenir que quelques cours inintéressants. J'aurais voulu – j'aurais dû – lui rétorquer qu'elle était justement en train de construire sa vie et que ces instants étudiants seraient irrattrapables, son existence contrairement à la mienne ne s'arrêtait pas, on ne faisait pas de pause dans la vie. Je manquais de courage.

Son envie soudaine d'y assister me prit par surprise. Je me gardai de le lui faire remarquer. Je l'observai se préparer, fourrer son ordinateur au fond de son cabas et se jeter un coup d'œil dans le miroir de l'entrée.

Souhaitait-elle être jolie pour un garçon ? Moi qui me cherchais des regrets, je venais d'en trouver un ; j'aurais aimé voir ma fille rendue fébrile par un cœur qui bat la chamade. Serait-elle une grande amoureuse ? Elle semblait en être très loin. Et c'était ma faute.

Son attitude était fuyante, elle paraissait pressée, ce qui ne lui ressemblait absolument pas. Pourtant, avant de me quitter, elle s'assura que cela ne me dérangeait pas. Je lui envoyai un baiser du bout des lèvres. Elle se retourna à l'instant d'ouvrir la porte d'entrée.

— Maman… je…

Elle soupira profondément comme si elle cherchait à chasser ses pensées.

— Non, rien… ne te tracasse pas. On se retrouve ce soir ?

Une légère fêlure dans sa voix me brisa de l'intérieur. Je me forçai à lui sourire. Elle prit une profonde inspiration et disparut en silence. À mesure que mon affaiblissement prenait de l'ampleur, Lisa s'éteignait.

Je ne restai pas longtemps seule à ruminer. Depuis que nous savions que la fin approchait, mes sœurs avaient décrété ensemble – et comme toujours sans me consulter – de prendre une journée par semaine et de la passer avec moi. Elles débarquèrent peu avant midi et m'imposèrent leur auscultation hebdomadaire. Je ne luttai pas. Elles avaient toujours gagné sur leur petite sœur. Et puis, cela les rassurait – ou non, suivant mon état – de pouvoir être utiles. Ils s'étaient mis d'accord entre médecins pour que ce soient elles qui m'accompagnent jusqu'au bout. Leurs mains étaient les seules que je supportais encore, les seules qui pouvaient manipuler mon corps, même si je dissociais mon esprit de lui lorsqu'elles prenaient de ses nouvelles. Je n'étais plus là durant ces minutes, mon regard devenait vide, ma peau ne ressentait plus rien. Mon corps ne m'appartenait plus, du moins, il prenait garde à ne m'envoyer aucun signal d'intrusion. Il me protégeait. C'était un comble, lui qui me lâchait ! Ensuite, elles claquaient des doigts sous mon nez pour que je revienne à elles et me rendaient sourde de leurs recommandations et conseils à avaler telle molécule plutôt qu'une autre.

Ensuite, et uniquement après ce quart d'heure médical, je profitais de leur présence. Nous mangions telles des ados sur la table basse, elles me servaient tous mes anciens plats préférés, je me forçais à picorer pour ne jamais les décevoir ou susciter leur angoisse. Nous nous racontions une fable, elles n'étaient pas dupes. Une fois le repas terminé, je m'allongeais sur le canapé, elles s'asseyaient par terre, tout près de moi, et nous parlions. Ou plutôt, je les écoutais parler. Elles me racontaient leurs maris, mes neveux et nièces, leurs craintes de vieillir – elles avaient l'obligation formelle de le faire –, je voulais qu'elles se plaignent, qu'elles m'inventent une crise de la quarantaine, de multiples prétendants. Elles m'expliquaient leur décision de passer à la piqûre de botox et de se mettre à la course à pied. Je riais. C'était bon pour elles, c'était bon pour moi.

Ce jour-là, elles basculèrent sur nos souvenirs d'enfance. C'était très rare. Depuis longtemps, sans que cela ait quoi que ce soit à voir avec moi, nous vivions dans le présent. Jamais nous ne ressassions le passé. Cela ne nous intéressait pas. Nous vivions.

Tout avait changé. Surtout pour mes sœurs, qui se faisaient absorber par la nostalgie. Nous étions encore trois à partager notre histoire. De la famille que nous formions avec nos parents et notre tante adorée, il ne restait plus que nous. Bientôt, elles ne seraient plus que deux, dans le trio des trois filles aux prénoms d'une autre époque.

Comment papa et maman avaient-ils pu avoir une idée aussi saugrenue ? Aujourd'hui, cela ne choquait personne, mais durant notre enfance, leur choix nous avait valu rires et moqueries. Suzanne, Anita et Madeleine. Désormais, nous étions des avant-gardistes avec nos prénoms et croisions des petites filles qui s'appelaient comme nous, en tout cas pour Suzanne et moi. Anita n'avait pas encore obtenu le même retour en grâce. C'en était risible.

J'étais arrivée sur le tard, comme on dit ; la surprise de la petite dernière chez des parents déjà dépassés et éreintés. En y pensant, nous avions ce point commun, ma fille et moi, nous n'étions pas prévues au programme. Mes parents étaient restaurateurs, leur vie avait été faite de labeur, leurs organismes cassés n'avaient pas résisté bien longtemps après leur retraite. Ils étaient pourtant si heureux de s'installer enfin dans la longère de leurs rêves à la campagne. Ils avaient à peine eu le temps d'en profiter, fauchés l'un après l'autre en moins de deux ans. Une raison de me satisfaire de leur absence, leur mort leur avait épargné la mienne. Ils n'auraient pas mérité de vivre ce chagrin alors qu'ils avaient sacrifié leur vie à rendre la nôtre plus belle. D'autant plus avec moi qui leur en avais suffisamment fait baver…

Suzanne, Anita et moi avions grandi au restaurant, entre les clients et la cuisine où ma mère régnait en maîtresse absolue. Leur microscopique brasserie – qui ne désemplissait pas – était notre deuxième maison. Mes sœurs, plus âgées que moi, avaient participé à mon éducation. Nous étions autonomes à trois, même si j'avais toujours été à part, ma jeunesse et mon caractère plus effacé, plus rêveur que les leurs y étant pour beaucoup. D'une certaine manière, elles poursuivraient leur mission avec Lisa. Elles prendraient le relais auprès de ma fille. J'avais la chance inouïe d'avoir des sœurs dans ma vie, chance que ne possédait pas Lisa. Mais elle avait des tantes ; les meilleures, les plus aimantes, les plus drôles, les plus envahissantes.

Bonheur immense que nous avions connu. La sœur de notre père avait été une seconde maman pour nous. Sa perte avait été aussi terrible que celle de nos parents. Les gènes étaient défaillants dans la famille, j'espérais du plus profond de mon cœur avoir pris les derniers. Sophie avait papillonné toute sa vie, ne trouvant pas la bonne personne pour la partager. Elle n'avait pas eu d'enfant, nous étions devenues ses filles par procuration et elle avait soutenu mes parents pour nous élever. Avec elle, nous avions écumé les expositions, les séances de cinéma, nous avions fait les boutiques. Elle nous accompagnait aussi à nos activités du mercredi. Elle nous offrait la part d'enfance que nos parents ne pouvaient nous procurer. Elle s'amusait avec nous. Nous nous amusions avec elle.

Anita et Suzanne évoquaient les étés où elle nous emmenait en vacances. Et moi, je ne disais pas un mot.

— Tu n'y seras jamais retournée, me fit brusquement remarquer Suzanne.

Le silence nous foudroya. L'une après l'autre, elles caressèrent mes cheveux, je fermai les yeux pour me recentrer sur le temps présent, sur l'essentiel. Nous restâmes sans bouger, sans prononcer un mot un temps qui me sembla infini. Mais nécessaire. Pour moi, du moins.

Un raclement de gorge nous fit réagir. Lisa était rentrée de ses cours sans qu'on l'entende. Je lui souris. Elle me répondit discrètement. Elle paraissait aussi préoccupée, sinon plus, que le matin même. Ses tantes m'embrassèrent tour à tour, puis se relevèrent pour la serrer dans leurs bras. Je les admirais toutes les trois étroitement enlacées. C'était beau. C'était rassurant.

J'aurais tant aimé emporter cette image avec moi de l'autre côté. Conserve-t-on ses souvenirs ? Ou bien disparaissent-ils ? Mon esprit, s'il existait encore sous une forme quelconque, pourrait-il se réfugier, se ressourcer auprès de ces images que j'engrangeais encore et encore ? Ou bien était-ce le vide ? Le néant le plus total. J'aurais vécu pour rien. Je perdais la vie. Mais je m'insurgeais intérieurement contre le fait de perdre ce qui l'avait nourrie. Cet amour de mes sœurs. L'amour de ma fille. Celui de Vasco. La mort est-elle un trait ferme et définitif sur ce qu'on a accompli ? N'aurais-je véritablement plus rien ? Le souffle. Les souvenirs. Les sentiments. La trace des êtres aimés. Il fallait abandonner qui l'on avait été derrière soi, accepter que nos actes, nos décisions, nos sentiments disparaissent à jamais.

Le vide de soi.

Ce soir-là, à peine étais-je couchée que Lisa se glissa près de moi. Elle nicha son visage dans mon cou. Je sentais son corps tendu contre le mien, elle n'était pas loin de trembler. Elle semblait épuisée, rongée par des pensées qu'elle n'arrivait pas – ou n'osait pas – formuler. Avait-elle peur de moi ? De mon silence ? Cette gêne, cette distance entre nous étaient intolérables.

— Que t'arrive-t-il ? chuchotai-je.

Elle se blottit contre moi, serra ma taille et s'y accrocha de toutes ses forces. Elle me retenait. Comme lors des premiers jours à l'école, quand elle ne voulait pas me quitter.

— À part que tu vas m'abandonner…

Ses larmes roulèrent sur ma peau, elle s'autorisait à pleurer avec moi. Petite victoire. Je connaissais assez ma fille et sa force de caractère pour savoir qu'elle enfermait le chagrin à l'intérieur d'elle. Elle lâchait prise avec son père, avec mes sœurs, ils me l'avaient confirmé, mais jamais avec moi. Je l'étreignis tant que je pus, je la berçai doucement. J'accueillis ses sanglots avec bonheur, malgré toute l'horreur que m'inspirait ce sentiment. J'étais un monstre d'égoïsme. Mais n'en avais-je pas le droit ? C'était à moi de consoler ma fille, à moi et à moi seule, tant que j'étais là. Elle devait encore pouvoir tout me dire, tout me confier. Je resterais sa mère, jusqu'à mon dernier souffle de vie. Elle s'occupait de moi comme elle n'aurait jamais dû avoir à le faire, elle me nourrissait, me surveillait comme un enfant, dès que les forces me manquaient, elle me rassurait, elle prenait sur elle, comme une mère le fait instinctivement pour son enfant. Ces rôles inversés étaient mauvais pour nous. J'étais sa maman, jusqu'au bout et même au-delà, voulais-je croire. Pour autant, je ne l'accablerais pas de discours lui affirmant que tout se passerait bien, qu'elle s'en sortirait, qu'elle était forte. Qu'en savais-je ? Rien du tout. Je l'espérais du plus profond de mon cœur, mais je ne saurais jamais quand elle relèverait la tête ni comment. Aussi, tant que j'étais à ses côtés, que je pouvais ne serait-ce que lui parler, la serrer fort, je devais prendre dans mes bras son chagrin, sa douleur, accepter que j'étais responsable de sa jeunesse gâchée.

— Pardon, pardon, ma Lisa...

— Ce n'est pas ta faute, maman... je sais que tu t'es battue... Ce n'est pas à toi que j'en veux. C'est à la Terre entière.

Elle pleura de longues minutes, avant de finalement s'apaiser. Elle hoqueta de moins en moins, se moucha bruyamment, ce qui réussit à nous faire rire, et poussa à nouveau un profond soupir, mais de libération celui-ci, de soulagement.

— Maman... J'ai peur de quelque chose...

Elle s'extirpa de la couette et s'assit en tailleur en face de moi, je me redressai à mon tour. Elle tordait ses mains dans tous les sens, à tel point que ses doigts blanchissaient. Je me retins de les lui attraper pour qu'elle arrête.

Les mains étaient précieuses.

Pensée étrange qui ne m'avait pas traversé l'esprit depuis longtemps.

Je l'étouffai et me concentrai sur ma fille.

— Je n'ai pas envie qu'on m'apprenne des choses sur toi après... quand tu seras partie, m'avoua-t-elle.

Je veux tout savoir avant, que ce soit toi qui me racontes…

Un creux se logea au fond de mon ventre.

— Je ne veux surtout pas avoir l'impression de ne pas te connaître quand tu ne seras plus là, poursuivit-elle. Je ne veux pas être en colère après toi. Je ne veux pas t'en vouloir et me dire toute ma vie que tu as voulu me cacher…

— Tu crois que c'est le cas ?

— Non ! En fait, je n'en sais rien… Tu es discrète, maman… C'est ce qui me tracasse depuis quelques jours, je n'arrête pas d'y penser. Je ne savais pas comment te le dire… Alors si jamais…

Je songeai à tout ce que Lisa ne savait pas de moi. Je n'osais imaginer l'impact sur elle si elle l'apprenait après mon départ. Elle se sentirait trahie.

L'inquiétude me saisit.

Étais-je une étrangère pour elle ?

Étais-je devenue étrangère à moi-même ?

— Je te comprends… et tu as raison, ce serait terrible… Pour toi et pour moi. Je vais y réfléchir, lui promis-je.

Elle relâcha ses épaules, soulagée de s'être libérée du poids qu'elle portait. C'était à moi de l'endosser.

— Il est tard, tu devrais dormir, me dit-elle. Moi aussi, d'ailleurs !

Elle m'aida à m'allonger confortablement, s'assura que les calmants dont je pouvais avoir besoin durant la nuit étaient à ma portée et m'embrassa tendrement. Elle sortit de ma chambre, laissant la porte entrebâillée. Comme une enfant, je ne dormais plus jamais enfermée, ni dans l'obscurité complète.

On dit que l'on voit sa vie défiler au dernier moment.

Ce dernier instant pour moi serait-il entrecoupé de blancs ? Ou seraient-ils comblés brutalement, au risque de m'ôter la sérénité que je croyais acquise et nécessaire à mon départ ? Devais-je me tourmenter pour ma fille ?

– 11 –

Quelque part en Bretagne

Chaque note était une respiration. Je ne savais plus où j'étais, si quelqu'un m'écoutait. Faisait-il jour ? Ou nuit ? Quelle importance… Je n'avais plus d'existence propre. La musique vampirisait mon être. Le piano était mon néant. Les gens ont une vision erronée du néant. Ils y voient le chaos, l'obscurité, persuadés d'être dévorés par des créatures mythologiques malfaisantes. Si j'avais un tant soit peu de considération pour eux, je leur expliquerais que le néant est source de paix. Le vide est rassurant. Plus de douleurs. Plus de souffrances. Plus rien qui ronge de l'intérieur.

— Papa, je peux te poser une question ?

Je cessai de jouer dans un fracas de graves et grommelai que je l'écoutais. Nathan prenait de plus en plus ses aises, ne se gênant plus pour m'interrompre. Il abattait mes défenses. J'aurais préféré ne pas ressentir cela, mais chaque soir, quand il partait se coucher, j'étais heureux de savoir que je le retrouverais le lendemain matin.

— Ça fait quatre ans maintenant que tu vis ici… Je me suis toujours demandé pourquoi tu avais acheté cette baraque…

Ce genre de question, en revanche, avait tendance à me contrarier. Il fallait toujours qu'il fouine, qu'il cherche à en savoir plus sur des décisions, des événements qui ne le concernaient pas, et qu'il ne devait jamais connaître.

— Tu n'aimes pas la vue ? lui rétorquai-je en me retournant sur mon tabouret.

Il leva les yeux au ciel, conscient que je me moquais de lui. Il était debout devant la baie vitrée et contemplait la mer. Lui qui l'aimait tant, qui y passait une partie de sa vie depuis quelque temps.

— C'est juste que c'est un peu triste en plein hiver, presque toutes les autres maisons sont fermées.

— Ça se saurait si j'aimais la foule.

Son rire m'attira comme un papillon chercherait la lumière. Je le rejoignis et autorisai mon regard à caresser l'autre côté de la plage, à l'ouest. Nathan serait mon garde-fou pour les prochaines heures, il m'empêcherait de boire jusqu'à ne plus tenir debout. C'était très rare que je jouisse de ce plaisir masochiste. Les souvenirs étaient atrocement bons, ils me déchiquetaient, me rappelant perpétuellement ce que j'avais perdu.

— Tu ne te sens pas bien, papa ? Tu es blanc comme un linge.

Je fermai quelques secondes les yeux pour reprendre mes esprits. Puis m'éloignai de la fenêtre et de mes tourments.

— Faut-il que je te supplie pour que tu m'accordes un verre ?

Il me dévisagea avec inquiétude. Je creusai au fond de mon âme pour lui offrir un sourire, il était le seul qui méritait que je me fasse mal en simulant la joie.

— O.K., papa ! Apéro, à condition que tu me parles de cette baraque que tu connais depuis tellement longtemps. Tu croyais quoi ? me demanda-t-il plein d'ironie, face à ma stupeur. Que je ne savais pas que tu y avais déjà habité !

Lui aussi se foutait bien de ma gueule. Soit. J'étais encore le plus fort pour ruser.

Grâce à Nathan, j'occupais plus d'espace dans la maison. Mon univers ne se résumait plus à mon piano. Il m'incitait à m'éloigner de lui, jamais bien loin tout de même. Le séjour, totalement ouvert sur la mer, était assez vaste pour accueillir mon piano et deux immenses canapés sur lesquels nous nous installâmes face à face. Tels des adversaires. Or je refusais que cet instant de vérité partagé avec Nathan finisse en combat. Je lui donnerais la version édulcorée de l'histoire, suffisamment néanmoins pour qu'il me fiche ensuite la paix et qu'il comprenne que certains terrains devaient lui rester secrets et interdits.

Durant toute son enfance, lorsque j'étais chez nous, il m'avait vu me préparer mes verres. Celui qu'il venait de me servir était parfait. Tel père, tel fils… J'avais tant préparé ceux de ma mère, dès mon plus jeune âge. C'était bien le seul compliment qu'elle m'accordait. Je n'étais plus le fils de mon père quand je lui tendais son verre, j'étais juste « mon petit Joshua, tu as bien retenu la leçon ».

— Quel âge avais-tu quand tu es arrivé ici ? attaqua-t-il.

— Dix-sept ans. Quelques mois après la mort de mon père.

Venir vivre ici, dans cette maison, avait représenté – au début du moins – un véritable enfer. Une bataille où ma mère et moi avions annihilé les vestiges d'une relation que nous n'avions jamais véritablement eue. Penser ne serait-ce qu'un instant que cette femme était la grand-mère de mon fils aurait pu déclencher une crise de rage capable de me faire détruire mon piano.

Non, en réalité, j'en serais incapable, pour la simple et bonne raison que c'était la spécialité de ma mère. Son attaque imparable pour me détruire. Elle avait démembré celui de mon père après sa mort. Sa voix, ses hurlements résonnaient encore dans mon crâne. Sa vulgarité n'avait aucune limite, tout comme sa mesquinerie de se venger de lui alors qu'il était à peine froid. Elle voulait célébrer sa libération.

Comme si mon père avait été un tortionnaire. Jamais, je ne l'avais vu lever la main sur elle, il lui offrait tout ce qu'elle exigeait, la couvrait de cadeaux, d'attentions, il l'avait emmenée dans les plus beaux endroits du monde, où il était reçu avec les honneurs. Mon père était l'un des plus grands pianistes que nos contemporains aient connus. Les palaces, les plus grands opéras, les philharmonies lui ouvraient leurs portes, et donc à elle lorsqu'elle l'accompagnait. Je suivais comme un animal de compagnie. Pour elle, car je l'occupais.

Pas pour lui.

Pour lui, j'étais la descendance.

Je devais apprendre. Marcher dans ses pas était impératif. Je n'avais aucun souvenir de la première fois où mes mains s'étaient posées sur un clavier, les jambes bien trop petites pour atteindre les pédales. Mais j'entendais encore mon père me raconter qu'il m'avait pris sur ses genoux, décrétant qu'à trois ans, comme Mozart, je devais commencer à jouer du piano.

Je t'en foutrais, du Mozart.

Avait-il eu tort ? Avait-il eu raison ? Inutile de me poser la question.

Comment pourrais-je savoir ce que je serais devenu sans le piano ? Ma mère m'aurait-elle davantage aimé si j'avais moins ressemblé à mon père ? Si je n'avais pas été le portrait craché de cet homme plus vieux qu'elle, cet homme qu'elle avait séduit, qu'elle avait aimé, à qui elle avait offert un fils, mais qui l'avait aussi enfermée dans un monde où jamais elle n'avait trouvé sa place. Où jamais elle n'avait pu s'exprimer. Mon père n'avait pas de temps à lui consacrer. Le sien était compté ; ses répétitions, les miennes, la surveillance de mes cours particuliers, ses concerts, ses voyages, ses maîtresses qui se contentaient de quelques bijoux et qui, contrairement à ma mère, ne l'emmerdaient pas à longueur de temps. Je pouvais pardonner certains excès à cette femme qui m'avait mis au monde. Elle était trop jeune pour accepter cette vie, pour accepter d'y être enfermée. Elle aurait mérité mieux. Quelque chose de bien plus essentiel que cette façade présentée au monde. Ma mère était désespérément seule, n'avait jamais réussi à être respectée dans ce milieu où mon père l'avait intronisée. Je crois qu'il avait pensé qu'elle s'en sortirait. Il avait vu en elle sa beauté époustouflante, sa lumière – sans remarquer qu'elle était voilée. Il n'avait pas découvert assez tôt sa fragilité pathologique.

Ensuite, il avait été trop tard ; j'étais là.

L'amour est proche de la haine.

Je l'avais découvert à la mort de mon père. Ma mère voulait salir son souvenir, l'enterrer comme son corps, et pourtant elle le pleurait, avec désespoir. Elle avait perdu son phare, un phare qu'elle haïssait, mais un phare tout de même. Et j'étais là, cramponné au piano de l'homme que j'admirais le plus au monde, sanglotant sur la mort de mon père tout en étant son double. Elle avait profité d'une inattention de ma part pour se ruer sur son piano et le profaner. Mon ouïe fine avait perçu depuis l'autre bout de la maison l'appel des cordes qui souffraient. Elles m'appelaient à l'aide, mais j'étais arrivé trop tard pour les secourir, elles avaient rejoint mon père, et ma mère frappait le clavier avec tout ce qu'elle trouvait. Avec une force que je ne lui soupçonnais pas, elle s'était emparée des chenets dans la cheminée et s'en était servie comme de pieds-de-biche pour massacrer le bois. Elle jouissait des trous béants et des déchirures irréparables qu'elle créait. Jamais je n'oublierais les touches d'ivoire qui volaient et s'écrasaient piteusement au sol. Elle piétinait et crachait sur ses partitions en proférant des insanités. Elle détruisait tout ce qui aurait pu nourrir le souvenir de mon père, en riant d'un rire de démente.

Alors que je n'étais toujours pas sorti de la catatonie dans laquelle m'avait plongé ce double désastre, elle avait profité de ma faiblesse pour me faire quitter la maison où j'avais grandi, l'endroit où j'étais né, le peu d'amis que j'avais, les seuls repères sur lesquels je pouvais m'appuyer. Avec l'argent de mon père, elle avait acheté cette maison perdue sur une falaise en Bretagne pour que l'on s'y installe dans un tête-à-tête malsain mère et fils. Elle croyait, cette salope que j'aimais malgré moi – c'était ma mère, après tout –, pouvoir m'interdire de jouer du piano. Seul lien qui pouvait me rappeler l'existence de mon père dans ma vie. Je l'avais rendue folle en disparaissant à plusieurs reprises. Oh, je ne fuguais pas, je restais tapi derrière un rocher à l'observer dans cette maison qu'elle avait choisie comme un tombeau pour elle et moi, elle attendait que je revienne, en buvant, en hurlant après moi, en criant son amour tordu pour son fils. Ma mère était terrifiée à l'idée d'être seule. Moi, la solitude me rassurait, me donnait confiance, elle, la solitude la morcelait. J'étais parvenu à mes fins. Si elle ne voulait pas que je l'abandonne, il me fallait un piano. Elle avait cédé.

Il me fallait incarner le souvenir de mon père pour tenter de naître au monde par moi-même.

— Pourquoi t'être séparé de cette maison quand ta mère est morte ? me demanda Nathan.

Mon fils, tu ne sauras pas que c'est parce qu'*elle* m'a abandonné. *Elle* qui m'a fait vivre et que j'ai perdue.

— Il a fallu que je me détache de cet endroit.

Je lui lançai un regard signifiant clairement qu'il n'obtiendrait rien de plus que ce que j'acceptais de lui offrir.

— Tu vas me demander pourquoi je l'ai rachetée il y a quatre ans ? Il fallait que je revienne ici, mais les raisons m'appartiennent.

Elle.

Déjà quatre ans que je patientais. Ce que Nathan ne savait pas et ne saurait jamais était que mon retour ici avait été animé par l'espoir désespérant de *la* retrouver. Qu'*elle* me reviendrait. Qu'*elle* m'accorderait enfin son pardon. Il était temps de me rendre à l'évidence.

Ne me restait plus qu'à sauter, enfin.

Il se leva, attrapa nos deux verres. Je l'observai les remplir à nouveau, absorbé par ses pensées. Il revint vers moi, me tendit le mien, me lança mon paquet de cigarettes et s'écroula à sa place en rivant son regard bleu glacier au mien, tout aussi froid.

— J'aime bien être dans cette maison avec toi, papa.

– 12 –

Autre part

Lisa était la seule à ne rien savoir de celle que j'avais été. Un jour, c'était une certitude, Vasco ou l'une de mes sœurs lui raconterait à ma place.

Pourquoi n'y avais-je pas pensé plus tôt ?

Réponse simple.

La peur.

Étais-je prête à tout revivre pour Lisa ? À première vue, non. Sinon, pour quelles raisons aurais-je évacué cette partie de moi ? Replonger dans cette époque, dans ces souvenirs enfouis ; traverser à nouveau ce qu'ils avaient d'heureux, ce qu'ils avaient de douloureux. Je les avais niés de mon existence depuis tant d'années.

À tel point que je doutais de connaître encore la jeune femme que j'avais été.

À moins que je ne craigne de renouer avec elle.

N'avait-elle pas toujours été tapie au fond de moi, guettant le moment où elle sentirait la faille pour se manifester ? Prendrais-je le risque au seuil de ma vie de décevoir ma fille, sans possibilité d'implorer son pardon à l'avenir ? Prendrais-je le risque qu'on lui offre une vision erronée de ce qui s'était passé, de celle que j'étais, de celle que j'aurais dû être ?

Lisa méritait de découvrir ce qu'avait été ma vie. Avant elle. Avant son père. Jusque-là, j'avais nié qu'elle n'avait aucune idée de ce que j'avais fait avant Vasco. Je lui avais raconté mon histoire, comme si j'étais née en le rencontrant. Bien sûr, il m'avait offert une vie inimaginable. Il avait abattu des murailles, il m'avait permis de m'exprimer, d'être une autre que moi, qui, avec le temps, était finalement devenue moi. Mais avant lui, il y avait eu vingt-cinq années dont Lisa savait le minimum, juste ce qu'il fallait pour qu'elle ne se pose – qu'elle ne *me* pose – pas de questions. Elle connaissait l'histoire de ses grands-parents, elle vivait au quotidien le lien que j'entretenais avec mes sœurs, mais elle n'avait aucune idée de qui était celle qui allait devenir sa mère. Elle ne connaissait ni mes rêves ni mes attentes, ni mes espoirs ni mes ambitions.

Moi qui craignais d'être effacée par ma mort, j'avais effacé une partie de ma vie. Une partie de moi était déjà morte depuis plus de vingt ans. Il me restait peu de temps pour lui redonner vie une dernière fois.

Un dernier sursaut.

Pour ma fille et pour moi, j'affronterais mes peurs et mes regrets.

Les jours suivants, je me préparai à ouvrir mon cœur, à lui raconter mon histoire avec mes mots, avec mes yeux. Un sentiment diffus me retenait. Chaque soir, elle me fixait apeurée et pleine d'attentes. Chaque soir, je me dérobais, prétextant la fatigue. Fausse excuse. En réalité, je n'étais pas à mon aise dans mon appartement. Rien, pas le plus infime détail, ne me raccrochait à cette époque. J'avais tellement tout rejeté pour me guérir, pour oublier, qu'il ne restait plus rien. Lui dire… prendre le temps de lui expliquer, de me raconter, me semblait indécent dans mon environnement. Particulièrement dans l'environnement qui constituait ma deuxième – ma seconde – partie de vie.

Je bafouerais l'une et l'autre.

« Là-bas » concentrait le plus fort, le plus absolu, le plus grandiose, le plus dur à affronter, le plus douloureux aussi. Chaque minute, je repensais à cette remarque de Suzanne, « Tu n'y seras jamais retournée ». Était-ce possible ? Je pouvais encore prendre des décisions. Je n'étais pas encore totalement dépendante ni impotente. À se demander si je n'attendais pas le dernier moment pour m'autoriser à y songer. À laisser cet appel m'envahir, prendre la place qu'il méritait. À entrevoir cette possibilité de retourner dans cette maison en Bretagne. Sa « cabane », comme l'appelait tendrement notre tante Sophie.

Avec son petit pécule, elle se l'était achetée quand j'étais toute petite. Nous y avions passé toutes nos vacances scolaires. Mes parents nous y rejoignaient une quinzaine de jours durant l'été. Ces instants faisaient partie des plus beaux souvenirs de notre enfance. C'était à cet endroit que ma vie avait basculé. Cette maison nous était revenue à son décès. J'étais restée de marbre. Je refusais que remonte à la surface cette période contre laquelle je m'étais tant battue. Suzanne et Anita y séjournaient très régulièrement. Je n'y avais pas remis les pieds depuis mes vingt-trois ans.

Avant de mettre Lisa au courant de mon projet, même si je n'attendais pas d'autorisation, il était impératif que Vasco et mes sœurs me soutiennent.

Je commençai par le plus facile à convaincre. Du moins, l'espérais-je. L'homme de ma vie qui me suivait aveuglément, qui m'offrait sa confiance. Je profitai de l'absence de Lisa et lui demandai de passer me voir dès qu'il aurait un moment. Il ne se fit pas attendre et débarqua chez moi dans les dix minutes. Assis face à moi, il m'écouta, sans m'interrompre, une expression de neutralité calculée sur le visage.

— Voilà, tu sais tout… J'aimerais partir le plus vite possible. Tant que je le peux…

Il se leva, arpenta le séjour de long en large, sans m'accorder son attention. Le silence devint pesant.

— Tu ne dis rien ?

— Merci, chuchota-t-il. Je rêvais que tu le fasses. Pas aller là-bas évidemment, mais parler à Lisa. Tu ne peux pas imaginer le soulagement que ça représente pour moi. Je craignais de devoir le faire…

Il me fit à nouveau face, souriant, comme toujours, même si une pointe de tristesse le traversait.

— Convaincre tes sœurs va être plus difficile.

— Je m'en doute.

Il vint s'asseoir à côté de moi et m'ouvrit ses bras. Je me blottis contre lui, et murmurai mes remerciements.

— Tu sais que tu ne retrouveras pas grand-chose en y allant, me dit-il.

— Je n'y vais pas pour retrouver quoi que ce soit. J'y vais parce que c'est là-bas que je dois parler à Lisa, et que j'ai envie de revoir cet endroit, avant de… Mais entre nous, avoir cette conversation avec toi est plutôt étrange, non ?

Il éclata de rire et resserra son étreinte.

— Si cela te rend heureuse, c'est le principal.

Vasco et sa générosité. Comment pouvait-il réagir sereinement, sans rancœur, sans fiel face à ce qui avait nécessairement entravé notre histoire ? Du moins de mon côté. *L'avant* m'avait appris la retenue des sentiments – ils pouvaient devenir dangereux.

— Très bien, mais on t'accompagne, fut la réponse d'Anita.

Réponse validée par le hochement de tête de notre aînée.

— C'est très gentil, mais je ne veux pas de vous.

— Pardon ? s'insurgèrent-elles d'une même voix.

J'aurais voulu rire de leurs mines outrées, ce n'était pas le moment, mais je ne pouvais que les remercier de m'offrir inlassablement le spectacle de leur duo.

— Cela doit se passer entre Lisa et moi. Je ne veux pas que vous vous en mêliez. C'est à moi de raconter. Pas à vous, justement. Je vous connais trop bien, vous ne pourrez pas vous empêcher d'intervenir, de donner votre point de vue. Vous le ferez après, si elle vous le demande.

— Ce n'est pas raisonnable. Tu es fragile, tu vas trop te fatiguer.

Me protéger. Encore et encore.

— Et alors ? Ça va me priver de quelques semaines, quelques jours… Qu'est-ce que ça changera si cela peut faire du bien à Lisa ? Entre attendre ici ou profiter là-bas de ma fille, tout lui confier, mon choix est vite fait…

— Il n'y a personne à cette époque de l'année !

Je ne le savais que trop bien. C'était parfait.

— Faites confiance à Lisa pour vous appeler si je ne me sens pas bien. J'accepte vos valises de médicaments, vos coups de téléphone quotidiens. Et je vous promets de ne pas me mettre en danger inutilement.

Je m'approchai d'elles et attrapai leurs mains dans les miennes.

— J'ai besoin que vous compreniez, que vous me souteniez. Je ne veux pas d'une guerre entre nous… elle ressurgirait un jour ou l'autre chez Lisa. Personne ne le souhaite.

— J'ai tellement peur que tu sois déçue, m'avoua Suzanne.

— Pourquoi voudrais-tu que je le sois ? Je n'attends rien d'autre que de me réconcilier avec cette partie de l'histoire et de rendre ma fille heureuse. J'ai besoin d'y retourner.

— Tu n'as vraiment pas peur ?

— Non… ça fait du bien, vous ne pouvez pas savoir.

Ce sentiment m'avait quittée depuis que ma décision était prise. Mes angoisses nocturnes s'apaisaient, elles aussi. J'affrontais ma vie pour mieux la quitter. C'était incroyable de se sentir en paix. Je faisais assez confiance à mon corps pour qu'il me permette d'assumer cette mission que je m'étais donnée pour le bien de Lisa et le mien. J'allais me battre avec hargne pour tenir le temps nécessaire.

Et je reverrais la mer… Une dernière fois…

– 13 –

Quelque part

Si j'avais pu haïr mon fils, je les aurais flanqués à la porte, lui et ses questions à la con ! Impossible. J'étais impuissant face à lui.

Il demandait.
J'exécutais.

Depuis ce bond dans le passé, j'étais lacéré par l'amour que j'éprouvais pour lui – maudite soit Carole – et le reste… Me voulait-il du mal, au bout du compte ? Me tendait-il un piège ? Était-il missionné par sa mère pour percer mes mystères ? Aurait-il pu hériter de sa grand-mère et de ses tendances sadiques à mon encontre ?

Cela aurait été tellement plus simple, j'aurais pu me débarrasser de lui sans scrupules. En réalité, il souhaitait me connaître, rattraper le temps perdu, parce qu'il m'aimait. Il s'évertuait à me le prouver chaque jour par sa patience, son humour, ses attentions. En dépit de ses précautions, il avait sans le savoir – comment aurait-il pu ? – attisé la brûlure sur ma plus grande plaie, ma blessure la plus profonde. Celle perpétuellement à vif que rien ni personne, pas même lui ni son amour, ne pourrait cautériser.

Les souvenirs me mitraillaient, et je ne pouvais plus fermer les yeux sans la voir.

Elle.

Comment Nathan, qui n'avait pas connu les affres de la passion, pourrait-il comprendre les raisons pour lesquelles je m'acharnais à m'autodétruire ? J'aurais aimé être doté de générosité et de courage ; tout lui dire, tout lui raconter, tout lui avouer. J'en étais incapable. Et je craignais de ne pouvoir me contrôler si je lui cédais. Je ne croyais pas au pouvoir libérateur de la parole. Ma confession rendrait tout réel et serait destructrice.

Et je ne voulais plus qu'il s'éloigne de moi. Sa simple présence, que j'avais pourtant rejetée, m'avait rendu dépendant de lui. Je le traquais dans la maison. J'observais sa candeur, sa jeunesse, sa vitalité, ses espoirs d'un monde meilleur. D'un monde où son père serait en paix… Il avait affaibli ma détermination à en finir. La dose d'humanité qu'il m'avait insufflée le protégeait de ma fin, à laquelle j'étais pourtant résolu.

Peut-être vieillirais-je en expiant mes péchés pour le salut de Nathan ?

Ne me restaient que la musique et l'alcool pour endiguer la crise.

— Papa ?

Encore fallait-il que mon fils, à qui je sacrifiais ma mort, me foute la paix !

Il tourna autour de mon piano sans oser y poser la main.

— Referas-tu des concerts, un jour ?

— Aurais-tu oublié que je n'ai plus d'agent ?

— Pas de risque…

Effectivement, il était aux premières loges lorsque j'avais mis un terme à notre collaboration. Ce connard avait fouillé dans mes partitions avec la complicité de Carole. L'un comme l'autre me harcelaient à longueur de temps pour que je compose à nouveau. « Donne un tournant à ta carrière », me disaient-ils, condescendants. Ils faisaient la paire, ces deux-là, ne se cachant même plus de moi pour coucher ensemble. Si ça les amusait… Ils croyaient que l'inspiration me reviendrait si je me forçais. Ils ne comprenaient rien à rien. Décidés à me faire céder, ils avaient cherché et réussi à mettre la main sur mes anciennes créations. Celles que ni l'un ni l'autre n'avait jamais entendues, et n'entendrait jamais. Pour cause, elles lui appartenaient, à *Elle*. Profitant d'un moment d'inattention de ma part, ce minable qui, malgré tout, savait se débrouiller au piano, avait osé s'installer au mien pour s'y essayer. J'avais reconnu le prélude, malgré la fausseté et l'incompréhension totale de mon écriture. Un pieu planté dans le cœur ne m'aurait pas fait plus mal. Carole – que je ne supportais déjà plus depuis des années – applaudissait bêtement. Sa niaiserie était pathétique. Nathan, qui n'avait que treize ans, les suppliait d'arrêter, leur criant qu'ils n'avaient pas le droit. Je l'avais assez mis en garde de ne jamais toucher à mes partitions, et surtout pas celles-ci. Elles étaient sacrées. Mon fils pleurait de terreur à l'idée de ma réaction. Il avait raison d'avoir peur. Je lui lançai un regard suppliant et articulai « Va-t'en, Nathan ». Au fond de moi, je pensai « Protège-toi de moi ». Il recula. Pas assez loin, je le compris trop tard.

Un rideau noir était tombé sur mes yeux, une douleur comme j'en avais rarement connu m'avait vrillé le crâne, et j'avais perdu tout contrôle de moi-même. Moi qui veillais toujours à protéger mes mains, j'avais dégagé de mon piano mon agent, il avait volé dans la pièce. Et je l'avais frappé, encore et encore. Il s'était défendu, mais il ne pouvait rien face à la fureur qui avait pris possession de mon être. Je frappais pour vomir toute la rage qui m'habitait, ma souffrance, cette solitude qui ne me quittaient plus depuis tant d'années. Je cognais pour oublier qu'ils avaient sali ce que j'avais eu de plus beau dans ma vie. Ni les hurlements de Carole ni les sanglots désespérés de Nathan pour que j'arrête n'avaient réussi à m'arracher à cette démence. Lorsque l'autre n'avait plus bougé, je m'étais attaqué aux meubles, à tous ceux – sauf mon piano – qui se trouvaient sur mon passage. Il avait fallu quatre hommes et plusieurs seringues de tranquillisant pour me maîtriser. S'étaient ensuivis une hospitalisation en service psychiatrique fermé durant presque un an, où j'avais joué pour les autres fous, un divorce à mes frais, et accessoirement le glas de ma carrière. Sans oublier le retour dans mon tombeau.

— Je suis certain que ce n'est pas un problème, si tu as envie, poursuivit-il. Ça fait six ans, maintenant, papa.

— J'ai joué en public durant plus de vingt-cinq longues années, je pense avoir suffisamment donné de ma personne.

— Ça ne te manque pas ?

Bien malgré moi, j'affichai un sourire ironique.

Je n'avais jamais été grisé par le succès. J'avais simplement exécuté le testament et les dernières volontés de mon père. Je devais perpétuer la tradition. Intégrer le club fermé des meilleurs pianistes du monde. Mon seul et unique repère pour me guider dans mon semblant de vie. Aussi lui avais-je obéi par-delà sa mort. Mon malheur voulait que je sois doté de son talent. Certains me disaient même plus virtuose que lui. Je m'en foutais. Je n'étais pas habité par le désir de le surpasser. Je ne me vengeais pas de lui. Je lui étais soumis. Grande différence. J'avais mis un terme à cette malédiction en refusant d'apprendre le piano à Nathan, malgré les ordres, les supplications même de Carole.

Le flambeau devait s'éteindre avec moi.

Toutes ces années, qui auraient pu être merveilleuses si *Elle* n'était pas partie, avaient été un véritable calvaire. Je ne supportais pas d'être en représentation. Je n'avais aucun intérêt pour les voyages, les tours du monde musicaux, les festivals où il fallait s'adresser aux autres, les féliciter pour leur jeu. Je les écoutais, je remarquais leur interprétation, je reconnaissais leurs qualités. En revanche, m'abaisser à les complimenter, jamais. La plupart du temps, j'avais la paix, car on me fuyait. Je faisais peur, paraît-il. Je refusais toujours de partager la scène. C'était l'unique occasion que j'avais de profiter de mon statut. On me disait arrogant, cela me convenait et me protégeait de toute approche.

Et puis, il y avait tout le reste. Les avions, les attentes interminables dans les aéroports, les nuits d'insomnie dans les hôtels, je les passais devant les fenêtres à contempler froidement les villes où je me produisais. Je buvais et me camais à coups de médocs, à la recherche d'une miette de repos. Et je buvais et me camais encore avant de monter sur scène, parce que c'était devenu une torture de subir ces regards braqués sur moi. Les substances ingurgitées me permettaient d'accéder à un monde où je ne percevais plus rien de mon environnement. Quand je devais entrer en scène, je fixais mon piano – mon seul ami, mon seul allié – et avançais vers lui, tel un désespéré. Une fois installé, je sentais l'alcool répandu dans mes veines, et je visualisais une cage tombant autour de moi pour me dissimuler aux autres et tenter de revivre artificiellement les plus beaux instants de ma vie. Je partais loin dans les limbes de mes souvenirs, au point de devenir inatteignable.

— En toute sincérité, je ne ressens aucun manque, finis-je par répondre à Nathan.

— C'est dommage, j'aurais aimé te revoir en concert. J'aimais bien quand tu m'autorisais à venir.

— Navré de te décevoir, mon fils.

— Il n'y a vraiment rien qui te ferait remonter sur scène ?

— J'ai perdu la seule personne avec qui et pour qui je renouerais avec la scène.

Que me prenait-il ? Nathan exerçait un tel pouvoir sur moi que j'en étais totalement déstabilisé. Il avait l'intelligence de me faire parler.

— Qui est-ce ?

— Tu ne la connais pas et ne la connaîtras jamais.

— Elle est morte ?

Supplice absolu que de songer ne serait-ce qu'un seul instant qu'elle ne soit plus sur cette Terre. Si j'apprenais qu'elle n'existait plus, l'amour de Nathan ne pourrait plus rien pour me sauver. Je sauterais dans la seconde sans remords ni regret. Je ne me raccrochais qu'à la certitude qu'elle respirait encore le même air que moi. Mes mains se mirent à trembler de manière incontrôlée, ma respiration se hacha. Mon fils me tendit mon verre plein, je le vidai et le lui redonnai. Je me réinstallai à mon piano et lui répondis avec sincérité. Et fatalisme.

— C'est moi qui suis mort pour elle, Nathan.

– 14 –

Sur une route

J'avais dû renoncer à ma place derrière le volant. Je n'étais plus capable de conduire. Lisa ne se sentait pas assez aguerrie pour s'en charger. Inutile de lui imposer un stress supplémentaire. Aussi, après avoir reçu la promesse formelle qu'elles ne resteraient pas, avais-je accepté l'escorte de mes sœurs. J'admettais les limites de mon projet ; il était trop tard pour entreprendre, sans assistance, une aventure avec ma fille. J'avais manqué une occasion, irrattrapable. J'assumais. Avais-je le choix ?

Deux voitures étaient nécessaires au voyage, nous en garderions une, en cas de besoin. Anita prit la route la première pour remplir le frigo et commencer à installer la maison, fermée depuis plus de six mois. Mon organisme affaibli aurait les plus grandes difficultés à supporter la température glaciale qui devait y régner. Nous passerions une soirée ensemble, et même si j'avais hâte d'être en tête à tête avec Lisa, je me réjouissais de ces quelques heures à quatre dans cet endroit. Elles comme moi emmagasinerions des images. Et puis, qui sait ? Lisa y retournerait peut-être avec ses tantes, sans moi. Autant qu'elles prennent un peu leurs marques ensemble, que mes sœurs l'intronisent là-bas.

À demi allongée à l'arrière de la voiture de Suzanne, je ressassais l'instant du départ qui avait été moins évident que je ne le pensais. Ma nuit avait été agitée et je m'étais réveillée dans un mauvais jour. Je profiterais du trajet pour récupérer au maximum et surtout tenter de mettre de côté mes au revoir avec Vasco. Nous avions bravé et retenu tant de sentiments contradictoires. J'avais lu dans ses yeux ce qui lui traversait l'esprit. « Est-ce la dernière fois que je la vois ? » La terreur que ce soit le cas m'avait envahie, je refusais d'y songer. Pour nous éviter de sombrer, je m'étais blottie contre lui, et il avait refermé ses bras sur moi un temps infini.

— Amusez-vous bien entre filles, m'avait-il chuchoté.

— Fais-nous confiance.

Alors qu'il était prêt à me lâcher, je m'étais accrochée à lui. Ce fut à mon tour de lui parler tout bas.

— Vasco, si jamais…

Ses lèvres dans mes cheveux.

— Je sais.

Pour ne plus y penser, je tournai mon regard vers le ciel. Pour ce dernier voyage vers là-bas, je contemplai les nuages, les discrets rayons de soleil hivernal qui les perçaient. Enfant, en tant que petite dernière, j'étais toujours coincée entre mes sœurs, au milieu. Pendant qu'elles se chamaillaient, je me contorsionnais à m'en dévisser le cou pour tenter d'apercevoir un coin de bleu et laisser mon esprit vagabonder. Je m'inventais des histoires, j'entendais des accords, je partais loin, dans un monde onirique. Je m'y sentais libre, légère comme une plume. Quelles douces sensations…

Aujourd'hui, j'avais toute la place pour somnoler, bercée par la musique et le murmure des conversations entre Lisa et ma sœur aînée. J'avais à nouveau le sentiment de flotter, de ne pas être tout à fait présente. Jamais je n'aurais imaginé retourner là-bas. Il fallait vraiment que ma fin approche pour me l'autoriser. Aurais-je senti cet appel par moi-même si mes sœurs n'avaient pas évoqué nos souvenirs de vacances et si Lisa ne m'avait pas bousculée ? Je commençais à m'en convaincre, car une joie indescriptible, enfantine, me gagnait à l'idée de revoir cette plage et cette mer qui m'avaient comblée. Je m'engageais à prendre suffisamment soin de moi pour marcher seule et sans aide dans le sable, encore une fois ; aller de l'ouest à l'est de l'anse bordée par les maisons et les cèdres. J'avais été si heureuse là-bas ; j'avais cru au bonheur total, absolu avant d'y renoncer.

Chaque souvenir en son temps, Madeleine.

Ces vingt dernières années, j'avais consacré tant d'énergie inconsciente à tout garder enfoui dans les entrailles de ma mémoire. Pourquoi continuer de m'en priver ? Mes regrets referaient surface, mais j'étais prête à quelques larmes, des énervements, et une envie de tout briser autour de moi pour revivre ce qui constituait la plus grande partie des moments heureux de ma vie. Peu importe qu'ils remontent à si loin. Lisa continuerait à les faire vivre. Ils n'auraient pas été vains.

À l'est d'une plage

— Madeleine ?

— Maman ? Réveille-toi…

Une caresse sur ma cuisse.

— On arrive, me dit encore Suzanne, d'une voix délicate. J'ai pensé que ça te plairait de ne rien rater.

Plusieurs secondes furent nécessaires pour que je me rappelle où j'étais. Une bouffée d'adrénaline, qui me fit oublier l'espace d'un instant le délabrement de mon corps, me permit de me relever. La nuit était presque tombée, mais je reconnus immédiatement la petite rue où nous nous trouvions. Suzanne s'était arrêtée le temps que je me réveille. Elle avait fait un détour pour que nous arrivions par l'est et que nous longions la plage avant de rejoindre la maison. Je cherchai son regard pour obtenir la certitude d'être bien arrivée – rentrée, pensai-je –, elle eut la plus grande difficulté à me sourire, mais ma sœur était surpuissante et elle y parvint. L'expression de son visage irradiait de l'amour qu'elle me portait. Une émotion brute, violente même, me traversa le corps de part en part, et des larmes montèrent à mes yeux. Suzanne me tendit la main, je m'y agrippai.

— Tu es prête ?

Incapable de prononcer le moindre mot, je me contentai de hocher la tête. Elle souffla doucement pour se reprendre, et se concentra à nouveau sur sa conduite, mais sans me lâcher. Elle m'accompagnait, elle me portait. Lisa nous observait, silencieuse et émue, je ressentais les battements rapides de son cœur, ma fille avait conscience de vivre un moment important, d'y assister, et de le partager avec moi. La voiture dévala la rue au pas, je voyais tout au ralenti, je reconnus certaines maisons, d'autres étaient nouvelles ou avaient fait l'objet d'agrandissements – les familles s'étendaient ici aussi, même dans ce lieu que je croyais figé par le temps. Et puis, la plage apparut dans l'obscurité, l'écume blanche éclairait la nuit tombante, les falaises se découpèrent, j'en connaissais chaque contour, chaque recoin. J'aurais pu sauter de rocher en rocher, les yeux fermés.

Tout avait changé, et rien n'avait changé.

C'était beau, tout simplement.

Nous roulâmes encore et la plage disparut. Au milieu de la route légèrement surélevée qui longeait la grève, Suzanne ralentit. Une brume de mer s'éparpillait dans le halo de lumière des quelques lampadaires – toujours les mêmes. J'ouvris la vitre pour sentir le vent, l'air marin chargé d'iode. Je respirai profondément, sans difficulté, sans picotement au fond de la gorge. Je perçus au loin le grondement des vagues. À l'entendre aussi clairement, je sus que la marée était haute.

— Allons à la cabane, demandai-je.

À l'ouest d'une plage

Anita sortit en trombe sitôt la voiture garée dans le jardin. Elle se jeta sur ma portière.

— Tu es là !

Je lui souris à m'en déchirer les joues. Je ne croyais pas qu'il me soit permis de revivre un état pareil où la joie implose de l'intérieur et occulte les malheurs. La réalité ne tarda pas à me rattraper, lorsque mes muscles ankylosés par le trajet m'empêchèrent de marcher sans m'appuyer sur elle. J'abandonnai mon visage fatigué contre son épaule et avançai lentement, suivie de près par Lisa et Suzanne. Je pénétrai enfin dans la maison. Comment était-il possible que cette odeur de sable et de sel puisse encore être aussi forte ? Et qu'elle soit intacte dans ma mémoire.

— Amène-moi dehors, s'il te plaît.

— Tu es sûre ? Il fait froid.

— Deux minutes, et je rentre au chaud. Et puis, tu as réussi à faire du feu, non ?

Elle rit et m'entraîna. Je n'eus pas un regard pour l'intérieur, j'avais tout le temps. La terrasse surplombait la mer toute-puissante à nos pieds. La marée mangeait le bas de l'escalier menant à la plage. Quand on était à cet endroit, on pouvait s'imaginer seul au monde, isolé, et pourtant protégé de tout.

Le vent soufflait en rafales, le froid mordait ma peau, mes cheveux voltigeaient, caressant mon visage.

J'étais vivante.

J'étais vivante.

Encore.

— Je suis là, je suis revenue.

Ces paroles envoyées à l'horizon…

Lui seul m'attendait.

Je passai des bras d'Anita à ceux de Lisa. Elle déposa un baiser sur ma joue.

— Tu as l'air si heureuse, maman. Et si triste, aussi.

— Ce n'est pas de la tristesse, c'est de la nostalgie.

Elle était inquiète, chargée de questions.

— J'ai plein de choses à te raconter, lui annonçai-je.

Pendant qu'elles préparaient le dîner, je restai emmitouflée dans une vieille couverture tricotée qu'Anita avait aérée au grand vent toute la journée. Depuis le canapé près de la cheminée, je redécouvrais la cabane de Sophie. Mes sœurs n'avaient presque rien changé, aucune transformation n'avait été entreprise. Cette maison n'avait toujours aucun charme, ne ressemblant en rien à une villa de station balnéaire, c'était plutôt tout le contraire. Sophie se moquait que ce soit joli ou harmonieux. Elle voulait sa maison sur la mer. Et elle l'avait obtenue. Une construction en béton des années 1970, de grandes fenêtres coulissantes, qui ne coulissaient plus si bien que ça, du lambris écaillé aux murs sur lesquels étaient punaisés des calendriers hors d'âge, des cartes de la région ou d'antiques gravures maritimes – absolument horribles. Et pourtant, elle m'avait toujours semblé parfaite. Elle l'était toujours. Elle me rappelait le parfum et la douceur de mon enfance. Mon cœur se serra en pensant à la petite fille pleine de rêves que j'avais été. Que dirait-elle à me voir ainsi ? Elle devait être triste, mais aussi rassurée de me voir de retour.

— À table ! chantonna Anita.

Je les rejoignis sans intervenir dans leur conversation qui me prouvait à quel point j'avais eu raison d'entreprendre ce voyage. Comment n'avais-je pas songé de moi-même à combler les manques dans l'histoire de ma fille ? La mienne constituait une partie de la sienne. Je les écoutais et réalisais la chance que j'avais d'assister à cet échange, j'aurais pu ne pas être présente. Je les observais de l'extérieur, et pourtant j'étais encore là. Plus tard, quand elles parleraient de moi, de nous, d'ici, auraient-elles l'impression que j'étais à leurs côtés ? Me sentiraient-elles près d'elles ?

Lisa n'en revenait pas que ses tantes – toujours tirées à quatre épingles – puissent passer leurs vacances dans cette poussière du passé, dormir dans des lits dont les draps rêches d'avoir été tant utilisés conservaient, même lavés de frais, une légère odeur d'humidité. Elle avait aussi noté la cohabitation obligatoire avec le sable dont on ne pouvait plus dater de quand il avait atterri là. Si l'on s'aventurait pieds nus sur le carrelage, on avait l'impression de revenir de la plage. Impossible de contenir mon rire. J'étais là, encore, et je pouvais participer. J'en avais même le devoir fondamental. Mes sœurs et moi échangeâmes un regard amusé. La même pensée nous traversa.

Un. Deux. Trois.

— C'est les vacances ! brailla-t-on en chœur.

Lisa sursauta de nous voir complices au souvenir de notre enfance. Malgré nos six et sept ans d'écart, mes sœurs durant nos vacances restaient bien volontiers des petites filles surexcitées, elles avaient toujours pris garde à ne pas m'exclure, à me faire participer à tout. « C'est les vacances » était notre gentil cri de ralliement lorsque nous arrivions à la cabane, et trépignions pour que Sophie nous laisse aller à l'eau le plus vite possible. Nous gagnions toujours. Elle cédait face à nos mines suppliantes et absolument pas innocentes. Le contenu de nos valises volait pour que l'on mette la main le plus vite possible sur le Graal, le maillot de bain. Nous ne prenions pas le temps d'attraper une serviette. La première arrivée à la porte-fenêtre l'ouvrait, la dernière oubliait de la refermer derrière elle. Le loquet du portillon s'ouvrait pour de longues semaines et nous dévalions pieds nus, malgré la morsure des cailloux, l'escalier de pierres qui nous menait au paradis : la plage.

Le dîner fut consacré à raconter à ma fille les étés sur la plage, les pique-niques, les laborieux devoirs de vacances le matin sur la table de la cuisine, les bains de mer à n'importe quelle heure, parfois juste avant de dormir, et qui rendaient notre peau violette à cause de la température, nos nuits dans le dortoir au grenier, avant que Sophie n'installe des cloisons pour nous offrir une chambre à chacune. Et puis les hivers aussi. Les soirées crêpes et les jeux de société au coin du feu, les balades dans la tempête après lesquelles il fallait de longues heures pour nous réchauffer dans des pulls et des chaussettes de laine qui nous grattaient, mais que nous adorions. Je sentais encore la sensation de la démangeaison.

La culpabilité me saisit. Lisa nous écoutait, comme si on lui racontait une histoire magique, peuplée de fées, de lutins et de tapis volants. Elle souriait, elle riait, elle commentait. Comment avais-je pu la priver de ce bonheur ? Tout ça pour me protéger d'un passé dont je m'étais détachée sans jamais véritablement l'accepter, sans jamais être capable de vivre avec, ni cesser de souffrir à sa simple évocation. Mon égoïsme avait volé à ma fille des étés avec ses cousins, dans cette cabane où j'avais vécu tant de bonheurs. Elle aurait tant aimé, elle se serait fait tant d'amis. Je ne me le pardonnais pas. Mais elle, pourrait-elle me le pardonner lorsque je lui aurais tout expliqué ? Je ne m'épargnerais rien, après tout, je voulais tout revivre, je voulais me réconcilier avec cette partie de moi, peu importe le chagrin. Comprendrait-elle la déraison, le Grandiose destructeur que j'avais vécu et qui m'avait changée à jamais ? En était-elle capable, elle qui n'avait encore rien vécu, rien ou si peu ? Quel regard porterait-elle ensuite sur sa mère ? Penserait-elle que j'avais consacré ma vie à lui mentir ?

— Pourquoi on n'est jamais venus, maman ?

— Euh… on a beaucoup voyagé avec ton père, quand tu étais petite, et même après.

C'était la stricte vérité ; lorsque l'on tient une agence de voyages comme la nôtre, on embarque ses enfants avec soi, et c'est une bonne raison pour échapper aux vacances en famille…

Elle haussa les épaules, d'un air peu convaincu. Il y eut un silence gêné, que j'étais bien incapable de combler.

— Vous n'avez jamais eu peur ? nous demanda-t-elle pour changer de sujet. Parce qu'il n'y a pas grand monde !

Elle écarquilla les yeux comiquement, simulant la frayeur.

— L'été, c'est bondé, tu sais, lui apprit Anita, toutes les maisons sont ouvertes.

— Bah, là, il n'y en a qu'une !

Lisa bondit de sa chaise et s'approcha de la fenêtre, elle nous indiqua du doigt la grande maison à l'est. Bien sûr qu'elle avait remarqué les seules fenêtres allumées de toute l'anse. Mes sœurs aussi les avaient remarquées. Tout comme moi. Dès l'instant où j'avais su que je pouvais l'apercevoir, mon regard s'y était d'instinct porté. Comme si la maison m'avait appelée. Suzanne attrapa discrètement ma main tremblante sous la table et la caressa tendrement. Ma fille se tourna à nouveau vers nous, souriante.

— Vous connaissez les voisins ?

Si tu savais, ma Lisa…

— Il y a très longtemps… commençai-je mes confessions bien malgré moi.

Comment avais-je réussi à prononcer cette phrase sans m'effondrer ?

— Et maintenant ? insista-t-elle en s'adressant à ses tantes.

— Cette maison a souvent été vendue, lui expliqua Anita. Ce sont de nouveaux propriétaires depuis quatre, cinq ans, je crois. On ne les a jamais vus.

— C'est vrai, enchaîna Suzanne. En général, les volets se ferment quelques jours après notre arrivée, et plus personne ensuite.

— Je serais rassurée si ça restait allumé pendant notre séjour.

— On est en sécurité ici, insistai-je. On ne craint rien.

Elle me sourit, puis très rapidement fronça les sourcils et s'approcha à grands pas de moi.

— Tu es très pâle, d'un coup.

Elle avait raison, la faiblesse m'envahissait. À quoi était-elle due ? À la fatalité de mon état ? Ou à ces quelques paroles ? Peu importe, le résultat était le même.

— La journée a été éprouvante. Je vais aller me coucher. Ne t'inquiète pas pour moi, j'ai toujours bien dormi ici.

— Tu veux que je t'aide ?

— Ça va aller, je te promets.

Je me levai plus difficilement que je ne l'aurais imaginé, mais je tins bon pour n'affoler personne.

Derrière la porte de ma chambre, j'entendais le murmure de leur conversation. Mes sœurs expliquèrent encore une fois à Lisa les médicaments, les piqûres en cas de besoin, puis elles lui firent promettre d'appeler au moindre souci, à la moindre question, elles pouvaient nous rejoindre en quelques heures, contacter les médecins du coin. Lisa promit, d'une voix sûre et forte. Un peu plus tard, elles se souhaitèrent une bonne nuit. Et puis, après quelques minutes, on gratta à ma porte, qui s'entrouvrit, et je découvris mes sœurs dans leurs pyjamas en pilou-pilou spécial cabane. Elles se glissèrent sous la couette de chaque côté de moi, m'enroulèrent de leurs bras.

— On est fières de toi.

– 15 –

À l'est de la plage

Le sort s'acharnait. Nathan m'était devenu indispensable pour ne plus être au bord du précipice. Pourtant, à la remontée des souvenirs que suscitaient ses questions s'ajoutait sa présence qui m'empêchait de respecter mon rituel immuable lorsque les lumières de la maison à l'ouest me narguaient.

Tout avait commencé quatre ans plus tôt. Avant de racheter la maison, je m'étais assuré que la sienne appartenait toujours à sa famille et que personne ne sache que je revenais. J'avais attendu des mois avant d'apercevoir un signe de vie de l'autre côté de la plage. J'avais immédiatement reconnu ses sœurs, elles n'avaient pas changé, prenant toujours autant de place. Je les voyais s'épuiser dans de grands gestes, s'agiter en tous sens, riant à gorge déployée. À force de les observer, j'avais fini par repérer qui était le mari de qui, et à qui étaient les enfants. Dans un autre contexte, j'aurais pu étudier leur normalité, normalité qui m'était et me serait toujours étrangère. C'était tout ce qui m'était offert pour le moment. Je rageais.

Tout ce qui m'importait était *Elle*.

Mais *Elle* n'était pas là.

Et *Elle* n'était pas venue.

Depuis, chaque fois que la maison d'en face prenait vie, j'espérais toujours qu'elle apparaisse enfin. Avec le temps, j'aurais pourtant dû m'incliner devant la réalité. Elle ne reviendrait jamais.

Mais j'étais faible face à l'espoir d'*Elle*.

Lorsque ses sœurs étaient là, je passais mes journées dissimulé derrière mes fenêtres à épier les allées et venues, à scruter le moindre mouvement qui pourrait me faire penser à son arrivée imminente. À la nuit tombée, n'y tenant plus, voulant me rapprocher de son souvenir, je sortais de ma tanière et traversais la plage dans l'obscurité. Lorsque la marée le permettait, je patientais au pied de l'escalier pour m'assurer que personne ne viendrait me déranger. Puis, je montais et me cachais dans un recoin. Tapi dans l'ombre, accompagné d'une bouteille, j'écoutais leurs conversations futiles, dénuées de tout intérêt, ces gens parlaient trop fort – ils avaient l'alcool gai, eux. Leur manque de discrétion aurait dû me permettre de récolter chaque soupçon d'information susceptible de me donner de ses nouvelles. Je maudissais ses sœurs qui ne parlaient jamais d'*Elle*. Pourquoi ? ne cessais-je de me demander. Avait-elle disparu de leurs vies comme elle avait disparu de la mienne ? Je m'accrochais au mur pour ne pas leur bondir dessus, les secouer, exiger qu'elles me la ramènent. Quand ils se couchaient, je rôdais autour de la maison jusqu'au lever du soleil, dans un état second ; j'observais à travers les fenêtres l'intérieur en quête d'un morceau d'*Elle*. Je ne trouvais jamais rien qui puisse rassasier ma faim.

Au bout de quelques jours, je me résignais à son absence ; je m'enterrais dans ma maison et noyais le manque avec ce que j'avais à ma disposition.

Impossible d'infliger un tel spectacle à mon fils. D'autant plus qu'il me tenait en laisse, me surveillant à chaque instant, de jour comme de nuit, m'ôtant toute possibilité d'expédition nocturne pour satisfaire mes désirs de voyeur. J'aurais tant voulu savoir quelles raisons les avaient incitées à venir ici à cette époque de l'année. Cela n'arrivait jamais. J'étais toujours tranquille l'hiver.

Comment tenir sans effrayer ni dégoûter Nathan ?

– 16 –

À l'ouest de la plage

La météo hivernale, depuis le départ de mes sœurs, ne nous dérangeait absolument pas. Bien au contraire. Lisa et moi restions au coin du feu blotties l'une contre l'autre sur le canapé. Nous profitions de la vue sur la plage malmenée par le vent. Nous discutions, nous bouquinions, dans le seul but d'échanger le plus possible. Nous étions pour la première fois habitées par l'urgence de nous parler, de nous enrichir l'une de l'autre.

Nous avions établi un rituel aux allures de jeu. Pour nous lancer, elle fouillait dans les bibliothèques où tous les livres de tante Sophie avaient atterri, en prenait deux au hasard, un pour elle, un pour moi. Jusque-là, nous n'avions ni l'une ni l'autre réussi à terminer un chapitre, car dès qu'un point nous interpellait dans notre lecture, nous en parlions ensemble. C'était fabuleux, nous évoquions tous les sujets. L'amour, l'amitié, l'ambition, la famille, la politique, la culture, les loisirs, nous traversions la palette de la vie. Suivant ma forme, nous commencions après le petit déjeuner, puis reprenions après le déjeuner, et continuions après le dîner. Lisa, à travers ses réflexions, ses interrogations, me démontrait qu'elle n'était plus une petite fille, loin de là. Ma fille était déjà une femme. Elle le deviendrait davantage après mon départ. Cette étape que nous franchissions ensemble la préparait aux dix ans qu'elle prendrait d'un coup et sous peu. Elle endurait déjà des soucis d'adulte et pourtant c'est sa jeunesse qu'elle devrait reprendre en main lorsqu'elle serait libérée du poids que je faisais peser sur ses épaules.

Quand je ne me reposais pas ni ne débattais avec ma fille, Anita nous ayant laissé une quantité phénoménale de vivres, nous cuisinions ensemble, ce que nous n'avions jamais fait jusque-là, la cuisine étant l'affaire de Vasco. Qui n'était d'ailleurs jamais loin, il nous conseillait à distance ; Lisa l'installait en visio sur le plan de travail, il se moquait de nous, hurlait, affolé par nos tentatives, et nous dictait la marche à suivre. Nous trouvions encore le moyen de partager des moments exceptionnels en famille dont Lisa se souviendrait toute sa vie, et dont elle pourrait reparler avec son père.

J'aimais ces instants de douceur, de complicité. Je les aimais à tel point que je sentais la colère poindre, une révolte intérieure bien inutile contre ce qui m'arrivait, ce qui nous arrivait. Pourquoi avait-il fallu que je sois au crépuscule de ma vie pour nous permettre de vivre de tels moments ? Nous étions libres, délestées de notre quotidien, nous prenions le temps de tout, et je découvrais tout ce que je n'avais pas encore vécu avec elle.

Je n'abordais toujours pas l'essentiel, le plus important, ce pour quoi j'avais entrepris ce retour ici, je repoussais le moment où tout basculerait, craignant de tout gâcher. Je me sentais gauche, ne sachant comment entamer mon récit. Je n'avais pas les bons mots. Lorsque j'y pensais, tout me semblait lourd. J'avais besoin, tout comme elle, j'en étais convaincue, de délicatesse pour me raconter.

Cet après-midi-là, j'étais comme dans du coton, le déjeuner m'avait laissée nauséeuse ; bien qu'allongée, je n'étais pas loin du malaise, je n'avais pas d'envie, rien qui puisse me donner un soupçon d'énergie. Malgré la joie de me trouver ici avec Lisa, je me sentais lasse d'attendre que mon état se dégrade, ce qui était en train de se produire, je le sentais. Je luttais pour offrir à ma fille ce qu'elle méritait de moi, car je savais que si j'abandonnais dès à présent, tout irait vite. Ce n'était plus que pour elle que je tenais encore un peu. Sans Lisa, j'aurais été impatiente que tout s'arrête. Et pourtant, et c'était tout le paradoxe qui m'agitait, pour qu'elle puisse reprendre sa vie, il fallait que tout s'arrête. Je ne voulais pas que ce temps étrange et suspendu que nous vivions lui donne de faux espoirs, lui fasse imaginer un impossible.

En attendant que l'étourdissement se dissipe, je somnolais, bercée par la pluie que le vent chassait contre les fenêtres. J'adorais ce bruit. Il me rassurait, me réchauffait, adoucissait mes pensées et éloignait mes angoisses.

— Maman ?

Le trouble dans sa voix me sortit de ma torpeur. Mon regard accrocha immédiatement ce qu'elle tenait entre ses mains. Malgré les douleurs qui me mordaient de plus en plus, je réussis à me redresser. Il le fallait pour elle. Le hasard – à moins que ce ne soit la curiosité naturelle de ma fille – m'assaillait, sans précaution ni préparation. C'était peut-être ce dont j'avais besoin pour chanceler vers l'autre côté.

Le grand saut.

Je fis appel à toutes mes forces pour me soutenir, je suppliai mon corps de m'accorder une pause dans cette souffrance quasi permanente. Je tapotai la place à côté de moi, elle s'approcha, presque craintive, s'assit et me tendit sa trouvaille.

La clé de ma confession.

Je tressaillis en redécouvrant ce papier, cette écriture sèche et nerveuse. Je l'aurais reconnue entre mille, malgré toutes ces années. Je caressai ces feuilles surgies de si loin.

— C'est quoi ?

Une partie de ma vie…

— Une partition de piano.

Comment pouvait-elle encore être ici ? Encore exister ?

— C'est à qui ? Personne ne fait de piano dans la famille.

Un flot de souvenirs m'emporta et me provoqua une quinte de toux. Le trop-plein d'enfoui. Elle caressa doucement mon dos, pour apaiser ma respiration sifflante.

— Ça va, lui répondis-je d'une voix étranglée par l'émotion.

Le manque me saisit brutalement, à en hurler. Je voulais la musique aussi fort que j'avais besoin d'air. Je levai mes yeux embués vers Lisa.

— Maman ?

J'attrapai ses mains, les serrai autant que je pus pour qu'elle comprenne que, malgré les apparences, tout allait bien, qu'elle devait me faire confiance, j'inspirai et expirai lentement, mon visage se détendit ; en miroir de moi, elle s'apaisa peu à peu, puis :

— C'est à moi. La partition est à moi.

Quel bonheur intense que de me la réapproprier… Oui, cette partition était la mienne, elle était l'un de mes biens les plus précieux, elle avait tant compté, elle comptait tant dans mon histoire. Elle n'avait jamais perdu de sa valeur, et je le réalisais en la sentant. J'aurais voulu la serrer contre mon cœur, l'embrasser, lui dire tout mon amour.

Lisa m'attendait, son visage criait la perplexité.

— Mais… tu ne fais pas de…

— Si, Lisa, l'interrompis-je.

Il fallait que je le dise à voix haute, il fallait que cela redevienne réel. Étrangement, c'était une question de survie.

— Je jouais du piano.

Elle écarquilla les yeux.

— Ah bon ?

— Jusqu'à mes vingt-trois ans.

Elle s'affaissa lourdement au fond du canapé.

— Je ne t'ai jamais vue jouer ! Pourquoi tu ne me l'as jamais dit ?

— Ma Lisa… C'était du passé jusqu'à aujourd'hui. Tu sais, j'ai l'impression que ce que je vais te raconter ne m'est jamais arrivé… Et puis, l'histoire est longue, compliquée, et douloureuse.

Elle fronça les sourcils, à nouveau assaillie par l'inquiétude.

— Papa le sait ?

— Oui, ton père sait tout, vraiment tout.

Elle laissa échapper un soupir de soulagement. Puis le silence. Dans son regard, je lisais les questions, les incompréhensions. Elle voulait tout.

— Je vais commencer par le début, tu veux bien ?

Elle approuva. Je m'installai confortablement et lui ouvris mes bras.

— Viens là, lui dis-je.

Elle se réfugia contre moi, je caressai ses cheveux, elle caressa ma main.

— Ton cœur bat vite, maman.

— Reste près de moi, Lisa.

Je fermai les yeux et pris une profonde inspiration :

— J'ai rencontré le piano à l'âge de six ans…

Malgré l'amour que mes sœurs me portaient et m'apportaient, je grandissais dans l'ombre de leur tandem. Elles faisaient trop de bruit joyeux pour que j'en fasse à mon tour et que je trouve ma place. Aussi étais-je silencieuse. Je me glissais où l'on me demandait de me glisser, privilégiant toujours les plus petits recoins. J'étais sage, discrète, timide, pour ne pas dire introvertie. Dès que j'avais été en âge de penser, j'avais décidé de passer inaperçue. Mes parents faisaient ce qu'ils pouvaient, je ne leur en voulais de rien. Mais ils n'avaient pas de temps à consacrer à la petite fille que j'étais et qui leur était tombée dessus sans qu'ils la désirent. Ils m'aimaient, je n'avais aucun doute sur leurs sentiments, et je voulais qu'ils continuent de m'aimer. Alors, pour ne pas les déranger, je me faisais oublier. Je suivais mes sœurs parce que c'était ce que l'on attendait de moi, pour qu'elles puissent me surveiller, mais je ne les sollicitais jamais. Je les regardais jouer avec leurs copines, je souriais quand Suzanne et Anita cherchaient à savoir si j'allais bien. Elles étaient contentes et rassurées ; elles repartaient dans leur univers. Moi, dans le mien.

Je ne m'ennuyais pas et la solitude ne m'attristait pas ; je m'étais créé un monde de rêves où la musique jouait le premier rôle. Je murmurais dans ma tête des mélodies, et j'y étais toujours bien. Mes sœurs et mes parents riaient affectueusement de moi, car je leur donnais toujours l'impression de me réveiller. L'école était une torture, je n'y étais pas tranquille pour m'inventer des sons, des accords – même si, à l'époque, je n'avais aucune idée de ce qu'étaient des accords –, mais surtout aucun enfant ne rêvait comme moi.

Tante Sophie, à qui rien n'échappait, avait remarqué que je chantonnais en permanence. Elle avait proposé à mes parents de m'emmener dans une école de musique. Ce jour, où elle m'avait prise par la main et entraînée vers cet endroit qui se révéla féerique, était gravé à jamais. J'étais heureuse de m'y replonger, moi qui l'étouffais depuis tant d'années.

J'étais arrivée dissimulée dans ses jupes, dévorée par ma timidité. Et puis des sons, des notes avaient tout envahi autour de moi. Mon esprit s'était rempli d'étoiles ; les notes comme des astres. J'étais sortie de ma cachette, en penchant la tête. Le premier instrument que j'avais vu était le plus beau, le plus majestueux, le plus grand, le plus impressionnant. Je ne voyais que lui. Moi qui ne m'imposais jamais, j'avais tiré Sophie pour m'approcher, sans ouvrir la bouche, évidemment. Elle s'était laissé entraîner, j'entendais encore le rire mélodieux qui lui avait échappé en voyant sa nièce s'affirmer. J'étais restée de longues minutes à l'observer, à le détailler attentivement. Ma main s'approchait timidement, sans oser le toucher, de crainte de briser la magie. Et puis, un homme nous avait abordées :

— N'aie pas peur de lui, m'avait-il dit.

Incapable de prononcer un mot, j'avais simplement secoué la tête. Il s'était assis sur le banc et m'avait fait signe de m'installer à côté de lui. J'avais regardé Sophie en quête de son autorisation. Elle m'avait souri. Le professeur avait simplement joué une gamme. J'avais admiré ses mains se balader si gracieusement sur les touches, elles dansaient avec la musique. Il avait recommencé lorsqu'il avait remarqué mes yeux brillants. Je m'étais concentrée pour savourer chaque seconde, pour prolonger le rêve lorsque tout serait terminé.

— Comment t'appelles-tu ?

— Madeleine, lui avais-je répondu d'un filet de voix.

— Tu veux essayer, Madeleine ?

J'avais écarquillé les yeux de surprise et d'interrogations mêlées.

— Je t'écoute, m'avait-il encouragée avec bienveillance.

La confiance m'avait envahie. J'avais caressé le clavier, la douceur des touches m'avait saisie. J'avais respiré profondément et joué ma première gamme. Je ne voulais pas que ça s'arrête. Aussi avais-je recommencé, comme s'il ne devait pas y avoir de fin à ce moment. Et je souriais, et je souriais. Comme je n'avais encore jamais souri. Sophie disait de cet instant que cela avait été mon premier sourire. À la minute où mes mains, mes doigts, mon corps, mon être avaient créé ces notes, j'avais su quelle était ma place. L'endroit où je devais être, l'endroit que je ne devrais jamais quitter.

— Pourquoi as-tu arrêté, alors ? m'interrompit Lisa.

— Tu vas un peu vite ! réussis-je à rire. Il s'est passé beaucoup de choses entre mes six et mes vingt-trois ans !

Elle se redressa, étonnée par ma bonne humeur, elle me sourit et passa sa main sur ma joue, je m'y appuyai pour absorber sa chaleur.

— Tu es toujours discrète, maman, discrète et délicate…

J'embrassai sa paume avant de me laisser aller contre les coussins du canapé pour surmonter une perte d'énergie.

— Tu dois être fatiguée, remarqua-t-elle en accentuant sa caresse.

— Ce n'est pas faux.

— Repose-toi, on reprendra quand tu voudras.

Maintenant que j'avais enfin franchi le pas, je n'avais aucune envie de m'arrêter. Je ressentais une urgence à le faire. Je devais tout lui dire, tout faire revivre pour que cela ne disparaisse pas. Pour elle. Pour moi. Pour que cette attente et cette lutte puissent prendre fin, sans regrets et bientôt. Quand j'aurais tout dit, je pourrais partir en paix.

C'était assez étrange, car tous les souvenirs, toutes les sensations, les étapes me revenaient avec une acuité étonnante. J'étais là, sans être là. Comme si mon esprit et mon corps avaient été envoyés dans le passé, pour mieux le transmettre à ma fille. L'imminence de ma mort offrait à ma mémoire une clarté exceptionnelle, à moins que, contrairement à ce que j'espérais, de les avoir enfouis aussi profondément les ait préservés de l'oubli.

Après dîner, je proposai à Lisa de reprendre le fil de mon histoire. Elle ne se fit pas prier.

— Alors, maman, qu'est-ce qui s'est passé ensuite ? Tu es retournée à l'école de musique ?

— Sophie n'a pas laissé le choix à tes grands-parents. Elle a débarqué comme une furie dans le restaurant en me tirant par la main et a exigé qu'ils m'inscrivent à des cours de piano !

Ils cédèrent avec le plus grand des bonheurs, leur petite discrète et silencieuse avait trouvé un lieu où s'exprimer, ils n'avaient plus à s'inquiéter pour elle. À partir de là, dès que je n'étais pas en classe, j'étais aux côtés de mon vieux professeur, les mains sur le clavier. Mes progrès étaient si fulgurants qu'au moment de mon entrée au collège, il conseilla à mes parents de m'inscrire au conservatoire. Moi qui ne donnais jamais mon avis, je ne les laissai pas décider à ma place. Je refusai catégoriquement. Toutes les années qui suivirent où il réitéra sa proposition, je continuai à m'y opposer. Je ne considérais pas la musique et le piano par le prisme de la réussite et de l'ambition. Seuls comptaient le bonheur qu'ils m'apportaient et le plaisir de jouer, d'interpréter ; les accords, les arpèges, les partitions des maîtres étaient de vrais trésors. Et mon professeur m'avait offert une place où j'étais moi-même, où la petite fille puis l'adolescente solitaire, rêveuse, se sentait protégée, respectée et jamais jugée.

En revanche, je le suivais lorsqu'il m'inscrivait à des concours. Adolescente, je compris qu'il comptait sur le réveil de mon ego pour me pousser à envisager plus haut, plus loin, plus fort. Je m'en amusais. Il pensait que je prendrais la porte de moi-même, telle une diva. Les deux seuls effets que ces prestations provoquaient en moi étaient l'envie de prouver à tous ceux qui se sentaient supérieurs qu'il était un enseignant fantastique que je ne laisserais pour rien au monde, et de rendre fiers mes parents – qui abandonnaient leur brasserie pour ces occasions –, mes sœurs et Sophie. Je réussissais à remplir cette mission, car je remportais les concours les uns après les autres. Les applaudissements de ceux que j'aimais me bouleversaient. J'étais incapable de penser ou de dire que j'étais douée, j'estimais n'avoir aucun mérite, puisque le seul endroit où j'avais confiance en moi et où je me libérais de toute pression était au piano. Lorsque je jouais, je ne voyais plus rien autour de moi, il n'y avait ni public, ni scène, ni juge, il n'y avait que le piano et la musique.

— Ma famille et le piano suffisaient à mon bonheur, insistai-je. Je ne me sentais en sécurité qu'avec eux. Encore plus à l'adolescence… Je n'étais pas comme toi, entourée d'une bande, bien dans ma peau ! C'était même plutôt l'inverse, au grand désespoir de tes tantes qui étaient de vraies stars. J'étais mal à l'aise en présence des autres, gauche dans mon corps. Sauf ici…

— Ah bon ?

— Eh oui ! Durant les vacances, je jouais la comédie de l'ado normale ! Enfin… j'essayais, plutôt !

Dès le premier été, Suzanne et Anita m'entraînèrent à la conquête des autres. Elles s'acoquinèrent avec les grands frères et les grandes sœurs de ceux de mon âge. Sous prétexte que c'étaient les vacances, on ne me laissa pas le choix, je dus les suivre. D'autant plus qu'il m'était impossible de jouer. Bien qu'étant ma plus fervente admiratrice, Sophie estimait que je devais m'extraire de temps en temps de mon monde musical, juillet et août lui semblaient parfaits.

À partir de là, je retrouvai le même groupe éphémère chaque année. Je grandis avec eux. Ils savaient que j'arrivais, ils m'attendaient, m'accueillaient joyeusement, et m'intégraient le temps des grandes vacances comme si je les côtoyais quotidiennement. J'avais parfaitement conscience qu'ils me trouvaient étrange, mais ils me prenaient comme j'étais. L'été, on accepte tout, on s'amuse de tout. Et parce que j'étais loin de chez moi, je partais du principe qu'il n'y aurait pas de conséquences, j'essayais de me libérer de ma timidité, je me forçais à être un peu moins introvertie pour réussir à me fondre dans la masse. Je profitais de cette parenthèse qui ne me ressemblait pas, tout en étant toujours heureuse, à la fin de l'été, de redevenir moi-même, et surtout de retrouver mon piano.

— L'été de mes seize ans, tout a changé…

Les mots m'échappaient.

— Euh… il y a eu du changement… je… comment…

Je devais me reposer avant d'affronter cette partie de l'histoire. Partie qui conditionnait tout le reste. Le grandiose, comme l'effondrement.

— Il est tard, allons nous coucher.

Lisa eut bien du mal à cacher sa déception.

— Je te promets de te raconter la suite, la rassurai-je en souriant.

Elle me serra dans ses bras.

— Merci, maman. C'est merveilleux d'apprendre tout ça sur toi… C'est le plus beau cadeau que tu pouvais m'offrir…

Après de longues secondes l'une contre l'autre, elle m'aida à me lever, m'embrassa encore une fois, et passa son bras sous le mien pour m'aider à marcher, car je chancelais sitôt debout.

Avant de quitter le séjour, instinctivement, je tournai le visage vers la fenêtre et fixai la maison à l'est.

— Elle est toujours allumée…

Ma voix n'avait été qu'un murmure. Lisa suivit mon regard.

— J'ai l'impression que cette maison t'attire, tu l'observes très souvent.

J'acquiesçai.

— Ça a un rapport avec l'été de tes seize ans ?

Je déposai un baiser sur sa joue en guise de réponse.

Elle éteignit les lumières.

– 17 –

À l'est de la plage

Les lumières venaient de s'éteindre. Les occupants de la maison à l'ouest se couchaient, ils devaient être paisibles et sereins, contrairement à moi.

Des jours que je tournais comme un lion en cage, incapable d'être aspiré par la musique. Des jours que Nathan n'arrivait plus à me faire prendre l'air, je ne courais plus avec lui, je ne parlais plus avec lui, je ne jouais plus, je ne mangeais plus, je ne dormais plus. Je ne faisais que marcher de long en large derrière les fenêtres. Mes mains, à l'image de celles d'un drogué en manque, tremblaient en permanence. Mon cœur battait de manière désordonnée. J'aurais souhaité rassurer mon fils, j'aurais préféré qu'il n'assiste pas à ça. J'étais trop faible. Tout mon être tourné vers l'ouest, mon énergie consacrée à combattre la rage et la douleur en moi.

J'étais prisonnier d'*Elle* depuis vingt-sept ans.

À l'instant où je l'avais vue pour la première fois sur la plage, elle m'avait happé.

Jusqu'à notre rencontre, et malgré mes dix-sept ans à l'époque, les filles et le sexe ne suscitaient aucun intérêt chez moi. Pire. Ils m'indifféraient. Mes parents m'avaient dégoûté de tout ce qui touchait de près ou de loin à l'amour. Leur destruction mutuelle m'avait anéanti. Et ma folle de mère veuve, qui me cannibalisait sans relâche, ne risquait pas d'arranger la situation. J'avais construit une forteresse de froideur et d'indifférence autour de moi. Seul le piano me contentait.

En revanche, la curiosité me poussait à étudier mes congénères. Pour vivre la musique, il me fallait comprendre les émotions humaines, les étudier, les disséquer à défaut de les éprouver. Je n'avais pas le choix. Mon père jouait avec puissance parce qu'il vivait, qu'il n'était pas qu'une enveloppe charnelle ; il ressentait l'amour, la haine, le désir, l'amitié, la jalousie, la colère. Je ne ressentais que cette dernière et j'estimais cela bien insuffisant pour que ma musique transpire de vérité. Tous les maîtres avaient composé avec leurs sentiments et leur humanité. Je devais m'y confronter. Pour cette raison, et tout en gardant mon indépendance et une grande partie de mes silences, je m'étais fondu dans le groupe qui passait l'été sur notre plage. Ils m'avaient immédiatement accepté. Je jouais la comédie de l'ado « normal » – bas de gamme, pensais-je –, je voyais qu'ils me trouvaient tout de même bizarre, intérieurement je m'en délectais. À leurs côtés, je m'ennuyais à longueur de temps. Ma soif de connaissances me donnait la nausée ; les filles gloussaient, les garçons paradaient. Ils étaient fades et à l'opposé de ce que je cherchais. Je voulais observer le grand, le dévastateur, le brûlant.

Un jour où, allongé sur le sable, je me décourageais de tant de médiocrité, une des filles du groupe avait poussé un cri plus perçant que les autres et m'avait contraint à ouvrir un œil. Mû par une force inconnue, je m'étais redressé.

Elle avançait vers nous avec tant d'élégance. Rien à voir avec les autres. Sa démarche, son port de tête, son regard mystérieux à travers ses cils, et un léger sourire pour dissimuler sa timidité.

Ce n'était pas une fille.

C'était déjà une femme.

La femme.

D'où venait-elle ? Étais-je sous l'emprise d'un sortilège ? Mes yeux avaient détaillé son corps, ses mains, ses formes. Une brûlure m'avait irradié de l'intérieur. Mon souffle s'était coupé.

Un garçon m'avait collé une bourrade dans le dos en disant « celle-là, elle est pour toi, y a que le piano qui l'intéresse ».

Avant son apparition, je me croyais impénétrable. Je m'étais moqué de moi-même. J'avais senti un sourire ironique se dessiner à ma propre intention sur mes lèvres. Parti très loin dans mes songes, je n'avais pas réalisé qu'*Elle* me dévisageait.

Nos regards s'étaient croisés.

Mon sort avait été scellé.

Le jour était levé. Sa maison se réveillait.

Combien de temps durerait cette torture de la voir vivante sans *Elle* ?

— Papa ?

J'entendais des sons sans les distinguer.

— Papa ?

Nathan posa une main sur mon épaule, je sursautai.

— Quoi ?

Ma voix était métallique.

— Tu as encore passé la nuit à regarder en face ?

Je me dégageai brusquement.

— Qu'est-ce que tu as à être obsédé par cette baraque ?

— Lâche-moi, Nathan, lui balançai-je d'une voix lasse.

Il secoua la tête, dépité et blessé par mon attitude.

— J'en ai marre, papa… Reste dans ta merde aujourd'hui, je vais me balader.

Il partit sans se retourner et claqua la porte avec rage. À ce rythme-là, il me quitterait bientôt et définitivement, lassé de mes perpétuelles sautes d'humeur.

Je sombrai à nouveau dans l'abîme duquel il n'était pas loin de me sortir.

– 18 –

À l'ouest de la plage

Je restai couchée toute la matinée, je devais récupérer de la nuit qui n'avait pas été des plus reposantes.

Je n'avais pas été malade.

J'avais rêvé.

Cela ne m'arrivait plus depuis des semaines, pour ne pas dire des mois ; les médicaments m'assommaient d'un sommeil pâteux et artificiel. Le pouvoir inconscient de la mémoire avait été plus fort la nuit dernière. Comme pour me préparer à la suite de mes confessions à Lisa, mes songes m'avaient ramenée à l'instant où *Il* était entré dans ma vie.

Cet été-là, j'étais arrivée avec Sophie un peu plus tard que les années précédentes – mes sœurs nous rejoindraient en août. En descendant l'escalier vers la plage après mon arrivée, j'avais instantanément repéré un intrus. Cela m'avait contrariée, ce ne serait pas comme d'habitude, les enjeux et les équilibres allaient être différents. Je perdais mes moyens dès qu'il y avait du changement, dès que mes repères étaient chamboulés. Une des filles m'accueillit bruyamment. Cela m'agaça, je ne supportais pas d'être le centre de l'attention. J'eus immédiatement envie de rebrousser chemin.

Et puis…

Il se tourna vers moi.

Et ma vision du monde changea.

Je poursuivis mon chemin en apesanteur, je dis bonjour à tout le monde, sauf à lui ; on venait vers moi, on me faisait la bise, j'étais ballottée de tous côtés, on me touchait, on me parlait, je répondais, ou non d'ailleurs, mais surtout, je ne le quittais pas des yeux. Je craignais que cette apparition ne disparaisse. Son regard m'hypnotisait. Il dégageait une force qui m'attirait autant qu'elle me terrifiait. Il n'était pas comme les autres, des gamins à côté de lui. Tout dans son attitude, sa posture me confirmait qu'il était différent d'eux.

Un être à part.

Un homme à part.

Il m'avait dévisagée. Je m'étais sentie nue, totalement nue, et offerte. Moi, pudique et mal dans ma peau d'adolescente, j'avais aimé ça. Ses lèvres s'étaient arquées dans un sourire qui aurait pu paraître arrogant, j'y avais lu l'invitation à bouleverser ma vie.

La réalité avait été au-delà de tout.

Ce souvenir s'était répété sans cesse durant toute la nuit, me laissant exsangue au petit matin.

Je parvins enfin à sortir de mon lit pour le déjeuner. Lisa comprit d'elle-même qu'il lui faudrait être patiente pour la suite de l'histoire. Elle se consola rapidement lorsque je lui indiquai où trouver les vieux albums photo.

Durant une grande partie de l'après-midi, elle les commenta, rit à de nombreuses reprises. Je lui répondais sans conviction, lovée dans la chauffeuse près de la fenêtre, mes yeux tournés vers l'est, encore hantée par mon rêve et sa puissance.

— Il s'est arrêté de pleuvoir ! s'exclama-t-elle, enjouée.

Je sortis de mon état second en réalisant qu'elle était tout près de moi. Elle avait raison, on ne pouvait pas prétendre qu'il faisait beau, mais l'éclaircie était réelle, et attirante. Pour elle, du moins.

— Tu devrais en profiter pour aller marcher sur la plage.

— Je ne vais pas te laisser toute seule, maman !

— Je suis une grande fille, tu ne vas pas aller bien loin. Prends ton portable, je t'appelle si j'ai un problème. Je ne peux pas continuer à te parler d'ici, et de moi ici, si tu n'as jamais marché dans le sable !

Lisa lança un regard vers l'extérieur, et un petit sourire se dessina au coin de ses lèvres.

— Tu as raison !

J'admirais sa jeunesse, son énergie ; sans le savoir, elle m'en transmettait des parcelles.

— Habille-toi chaudement, lui conseillai-je.

Elle déposa un doux baiser sur ma joue, enfila son manteau et quitta la maison par la porte-fenêtre qui menait au chemin privatif vers la plage.

Mon doigt appuyait, au hasard, dans un mouvement répétitif sur des touches dans les plus graves, les plus lugubres pour le commun des mortels. Mes préférées sur la gamme. C'est tout ce que je réussirais à jouer tant que les lumières en face seraient allumées. Je me détestais pour mon comportement avec Nathan. Il me prenait déjà, à juste titre, pour un fou. Et j'aggravais mon cas chaque seconde un peu plus. La fatigue de mes combats et de mes attentes s'abattit sur moi. Je fermai les yeux pour y trouver l'obscurité, et une once de repos factice. Ma main tout entière s'écrasa sur le clavier. Personne d'autre que moi n'aurait pu y percevoir une mélodie. Mon corps était une statue. Une statue qui n'attendait à nouveau qu'une chose : sa destruction. Je ne voulais plus faire souffrir mon fils.

Derrière mes paupières closes, je visualisai mon grand saut. Un sourire naquit sur mes lèvres, c'était assez rare pour que je le note, que je le sente. Que je le savoure.

J'y étais.

Une bourrasque fouetta mon visage. La porte serait-elle restée ouverte ? Ou était-ce juste le bruit des rafales qui me sonnait ? J'ouvris les yeux. Mon regard accrocha une silhouette sur la plage. Je m'éloignai de mon piano et m'approchai de la fenêtre. Cette fois, ma main s'abattit sur la vitre. Elle cherchait à s'y accrocher, en vain.

Avais-je sauté sans m'en rendre compte ? La mort ramenait-elle dans le passé ? Comment n'y avais-je pas pensé plus tôt ? La mort n'était pas le néant, je me trompais. La mort délivre du fardeau. Elle soulage. Bien sûr, elle enlève les chagrins, les efface. Mais elle vous ramène aussi à l'instant où vous avez été le plus heureux. La mort ramène ceux qu'on aime.

Elle était là, sur la plage. Elle devait avoir froid, la pluie crachinait sur elle. J'imaginais les gouttes perler sur son visage. Je la retrouvais comme elle m'avait quitté. Ses longs cheveux virevoltant dans le vent. Sa démarche délicate et élégante.

Elle. Cela ne pouvait être qu'*Elle*. J'aurais tant aimé la toucher une dernière fois avant que tout ne s'arrête.

Le froid de la fenêtre et la buée que mon souffle haché formait me prouvaient que je la rêvais. Je n'avais pas sauté. Mon esprit hallucinait sa présence, sa venue vers moi. De rage, mon poing frappa le carreau. L'espace d'une seconde, je quittai mon hallucination des yeux. Elle avait disparu.

À l'ouest de la plage

Le ciel s'obscurcissait à nouveau. La nuit tomberait très vite. L'accalmie avait été de courte durée, le vent et la pluie feraient leur retour d'ici peu et Lisa était toujours dehors. Plus d'une heure qu'elle était partie. J'avais perdu l'habitude de me retrouver seule. Plutôt que d'angoisser inutilement, je nous préparai deux grandes tasses de thé. Trop brûlantes pour être bues, mais la vapeur qui s'en dégageait assurait une présence. Je me donnai pour mission d'attendre qu'elles refroidissent avant de m'autoriser à paniquer. Si Lisa ne rentrait pas quand son thé était encore tiède, cela signifierait qu'il lui était arrivé quelque chose.

Quelles raisons avais-je de paniquer ? Aucune, me raisonnai-je. Sinon que je voulais qu'elle rentre.

La vapeur diminuait. Je venais de tremper mes lèvres dans le thé, et je n'avais pas souffert. Mon cœur s'accélérait, ma main se crispait sur mon portable, prête à l'appeler. Soudain, j'entendis sa voix. Je respirai mieux. La porte d'entrée s'ouvrit. À qui parlait-elle ? Je réussis à m'extirper du fauteuil et m'approchai.

— Merci de m'avoir raccompagnée, dit Lisa à quelqu'un derrière elle, avant de s'adresser à moi. Désolée, maman, je me suis perdue.

— Bonsoir, madame.

Je dus m'adosser au mur pour ne pas m'écrouler.

Face à moi : mon passé.

— Joshua…

Ce prénom soufflé comme un murmure, comme un appel.

Joshua à vingt ans. La chevelure brune en bataille, le regard bleu glacier. J'étais folle, j'avais des hallucinations. M'étais-je endormie sans m'en rendre compte ? Rêvais-je à nouveau ? Joshua n'aurait pas vieilli, contrairement à moi ?

Le jeune homme me fixait, un grand sourire aux lèvres. Ce n'était pas *lui*, Joshua souriait peu, uniquement pour de bonnes raisons, certainement pas par simple politesse.

— Oh non, moi, je suis Nathan, son fils…

J'aurais dû répondre à ce garçon avenant qui devait me prendre pour une folle, mais les mots restaient verrouillés au fond de ma gorge.

Lisa s'approcha de moi, je reculai, incapable de détacher mon regard de lui. Son apparition et cette ressemblance stupéfiante faisaient rejaillir des sensations, des souvenirs interdits, jamais oubliés, et toujours gravés au plus profond de moi.

— Nathan, je crois qu'il vaut mieux que tu partes.

— Comme tu veux… J'habite avec mon père de l'autre côté de la falaise, n'hésite pas si tu as besoin de quoi que ce soit.

Qu'avait-il dit ? Il habitait ici ? Avec son père ? Joshua aurait un fils. Impossible. Joshua aurait racheté la maison de sa mère. Quand ? Pourquoi ? Impossible.

— Je te remercie, Nathan.

Elle referma la porte sur lui et se retourna vers moi. Visage décomposé, elle s'approcha de moi.

— Maman, tu veux que j'appelle un médecin ? Je suis désolée si tu t'es inquiétée pour moi…

Les mots restaient encore et toujours bloqués dans ma gorge. Tout ce que je croyais savoir ou ressentir explosait. Tout devenait flou. Je perdais le sens de la réalité.

— Parle-moi.

Je lui tournai le dos et m'avançai jusqu'aux fenêtres, animée d'une énergie surprenante. Elle me suivit. Je devais lui répondre, lui dire quelque chose, n'importe quoi, même si c'était une autre que moi qui allait lui parler. Sa mère lui parlerait, alors que celle qui m'habitait ne l'était plus, elle était redevenue la Madeleine d'il y a vingt ans.

— Tout va bien, je t'assure. Excuse-moi, j'ai eu un moment de flottement… Je suis contente que tu sois rentrée.

— Je ne comprends pas, pourquoi as-tu eu cette réaction ? Tu connais son père ? En même temps, il est pianiste, d'après ce que Nathan m'a dit…

Mon ventre se contracta à en hurler.

Pianiste.

Je n'étais donc pas en pleine hallucination.

Joshua était là, Joshua était revenu.

Je venais même de rencontrer son fils.

Plus rien n'existait en dehors de cette maison à l'est où j'aurais pu me déplacer les yeux fermés. Elle était plongée dans le noir.

Il était là, en face de moi. Des images de lui au piano m'assaillirent. Était-il en train de jouer ? Il oubliait d'allumer les lumières lorsqu'il était au piano, trop absorbé pour réaliser que la nuit tombait.

Soudain, le séjour s'éclaira.

Son fils – Joshua avait un fils, je n'en revenais pas, et cela me rendait heureuse pour lui – venait de rentrer chez lui.

Chez eux.

À l'est de la plage

La lumière s'alluma brusquement. Je ne bougeai pas, attendant désespérément que mon hallucination revienne. Qu'*Elle* me réapparaisse.

— Quel temps de merde ! brailla Nathan.

Il avait déjà oublié la manière dont je lui avais parlé, et son coup de sang.

— Tiens, j'ai rencontré nos nouvelles voisines. La fille, Lisa, a mon âge, je crois. J'ai vu sa mère aussi, elle était bizarre. Tu dois la connaître… elle m'a pris pour toi.

Le voile de brouillard qui m'entourait se déchira. Mon esprit retrouva son acuité.

— Je vais prendre une douche, continua mon fils. Papa ?

Je ne lui répondis pas, je ne répondais plus de rien. J'ouvris la baie vitrée, ne la refermai pas, traversai la terrasse.

— Papa ! Tu fous quoi ?

Un signe du bras pour qu'il me laisse, et je commençai à dévaler l'escalier vers la plage. La pluie battante me confirmait que j'étais en vie. Elle avait une fille. Une fille que j'avais prise pour elle. Mon hallucination n'en était pas une. Elle était là… Je devais la voir.

Je devais m'assurer de ne pas être mort.

À l'ouest de la plage

Une silhouette apparut sur la terrasse en face, je me concentrai pour mieux la distinguer. Était-ce lui ? Ma respiration se saccada. Il semblait énervé, pressé. Je longeai la fenêtre pour ne pas quitter des yeux cette silhouette trop familière. Cette manière de descendre l'escalier taillé dans le rocher sans tenir compte du danger, sans utiliser ses mains pour ne pas les abîmer.

C'était lui.

Joshua.

Il sauta les dernières marches pour retomber dans le sable.

Sur la plage, à l'est

Mes pieds s'enfoncèrent dans le sable. J'eus besoin de quelques secondes pour réaliser, pour réfléchir. Le tremblement de mes mains s'apaisait. J'avais le sentiment de ne pas avoir été aussi lucide depuis très longtemps. J'étais moi-même, l'agitation qui m'habitait continuellement m'avait quitté. Pouvais-je me précipiter de l'autre côté ? La question ne se posait pas. L'attente devait prendre fin. Mes jambes se mirent à courir vers elle.

À l'ouest de la plage

Il avait hésité à venir. Non ! Il devait venir. Je devais le rejoindre. Le revoir. M'excuser. J'attrapai ma veste de laine sur le fauteuil et sortis sur la terrasse.

— Maman, qu'est-ce que tu fais ? Il pleut ! Ce n'est pas raisonnable. Tu es trop faible !

Je revins vers elle, attrapai son visage entre mes mains, le serrai délicatement.

— Je reviens, Lisa, ne t'inquiète pas. Reste au chaud.

Je la lâchai et suppliai mon corps de tenir, de me donner suffisamment de forces. Je marchai le plus vite que je pus jusqu'au portillon de l'escalier, il osa me résister. Je le secouai avec rage, luttant contre un sanglot d'impuissance. Il céda enfin. J'essuyai mon visage, trempé de pluie.

Était-ce un cadeau avant mon dernier souffle ?

Je me figeai au milieu de la descente, entendis au loin dans le vent l'appel de Lisa qui ne comprenait rien à mon attitude. Je lui criai de ne pas s'inquiéter, je savais ce que je faisais. J'exigeai qu'elle me fasse confiance.

J'étais surtout incapable de faire demi-tour et de me barricader derrière mes volets pour oublier que Joshua était tout près de moi.

– 19 –

Au centre de la plage

La nuit qui tombait les protégeait, les enveloppait, les dissimulait.

Elle atteignit enfin le sable. Elle lutta contre un vertige qu'elle défia pour le tenir loin d'elle. Il n'avait plus besoin de se dépêcher, de courir vers elle. Elle n'était plus un mirage. Il était en paix. Elle l'avait toujours apaisé. Il sut qu'il ne sauterait pas.

Elle le chercha du regard, gênée par la pluie. Elle le vit. Son cœur battit plus fort, à tel point qu'elle crut que son corps se dissolvait sous le coup de l'émotion. Elle ne s'attendait pas à ce que cela soit si violent. Comment était-ce possible qu'il ait encore ce pouvoir sur elle ?

Il marcha encore quelques mètres vers elle, puis s'arrêta. Elle devait lui revenir. Le rejoindre. C'était à elle de le retrouver. Leur dernier rendez-vous manqué ne devait plus l'être. Alors il lutta contre la pulsion de franchir la distance en premier. Il se prépara à se contenir, à garder la tête froide et savoura sa victoire, l'admirant tandis qu'elle marchait avec fébrilité vers lui. Il la sentait bouleversée. Il avait gagné.

Elle ralentit, se convainquant que tout était encore possible. Soit elle n'allait pas mourir. Soit elle pouvait faire demi-tour, oublier qu'il était là, et rentrer chez elle. Elle eut envie de rire. De la méchanceté de la fatalité. De sa faiblesse. De sa stupidité. Comment avait-elle pu songer qu'elle aurait la force de lutter contre cette attraction ? Elle savoura chaque seconde du chemin jusqu'à lui. Il n'y aurait pas deux retrouvailles. Il n'y en aurait qu'une et ils étaient en train de la vivre. Ses jambes la portèrent à peine sur les derniers mètres.

Elle était devant lui. Enfin. Il lutta contre leur rituel. Il ne s'autorisait pas encore à prendre sa main, à passer son pouce sur sa peau, comme il le faisait toujours quand ils se retrouvaient après une séparation trop longue. Il ne voulait pas l'effrayer. Il la dominait, comme avant. Elle n'avait pas grandi. Cette remarque le fit sourire. Elle avait vieilli, et paraissait épuisée, éreintée, mais elle n'en était que plus belle. Sa bouche rouge, ses rides autour de ses yeux de cette couleur si particulière. Un iris vert entouré d'un fil d'or. Son cou fin et dégagé malgré le froid. Il aimait poser sa main dessus. L'entourer. Le protéger.

Il était toujours aussi grand face à elle, elle se sentait toujours aussi fragile devant lui. Rien n'avait changé ; son regard dur et tourmenté lui donnait cette impression qu'il pouvait lire en elle. Il avait vieilli et n'en était que plus charismatique. Il semblait encore plus fatigué qu'avant, plus sombre aussi. Et d'autant plus attirant. À l'époque déjà, elle s'amusait à tenter de percer son mystère. Il la faisait vibrer avant, et c'était encore le cas aujourd'hui après seulement quelques instants. Il l'aimantait, la rassurait. Il la faisait vivre. Elle était vivante. Vivante et déstabilisée par sa présence. Elle était heureuse, alors qu'elle n'aurait pas dû.

— Maddie… tu es revenue…

Maddie… ce nom qui n'appartenait qu'à lui. Qu'à eux. Personne d'autre que lui ne l'avait jamais prononcé. Ses yeux se remplirent de larmes rien qu'en entendant sa voix grave.

Ils s'observaient comme des adversaires fascinés l'un par l'autre.

Il paniqua. C'était trop beau pour être vrai. Il devait en être certain. Sa main se leva, s'approcha avec une lenteur infinie de ce visage dont il rêvait de jour comme de nuit. Elle fixa ses doigts qui s'avançaient vers elle, elle se retint d'aller au-devant de ce contact dont elle rêvait depuis tant d'années. Dont elle était en manque depuis la dernière fois qu'il l'avait effleurée.

Enfin, il la toucha, il redécouvrit le grain de sa peau qu'il n'avait jamais oublié. Elle tressaillit. Sa main froide, forte et délicate. Ses paupières se fermèrent de plaisir.

— Tu es réelle.

Elle abandonna sa joue contre sa paume, elle sentit ses doigts la caresser, essuyer la larme qui roulait.

Il était réel. Ce geste était réel. Beaucoup trop réel.

Elle prit une profonde inspiration, elle respira son parfum et s'éloigna en ouvrant les yeux.

Il pencha la tête sur le côté, dans un mouvement de surprise. Il endossa ce sourire narquois qu'elle aimait tant, avant. Elle lui en renvoya un, timide. Elle le regretta aussitôt, percutée par le souvenir de leur rencontre ; elle lui avait envoyé le même lorsque leurs regards s'étaient croisés pour la première fois et qu'elle était déjà amoureuse.

— Je dois rentrer, Joshua. Ma fille va s'inquiéter.

Sa voix douce et éraillée n'avait pas changé. La plus belle harmonie qu'il ait jamais entendue.

Il lui sourit, encore. Elle aussi.

Puis elle se retourna et prit la direction de son escalier en se retenant de tituber.

Elle était ivre. Ivre d'interrogations, de bouleversements. De culpabilité. De terreur. De regrets.

Lui était ivre de bonheur.

– 20 –

À l'ouest de la plage

Rentrer à la maison sans m'effondrer sous ses yeux. Ne pas me laisser aspirer par les étourdissements durant toute la traversée de la plage. Il ne devait pas me voir ainsi. Il ne devait pas savoir. Je taisais mes douleurs, mon épuisement. Au pied de l'escalier, j'eus l'impression d'avoir à gravir une montagne. La montée me parut interminable. Mes jambes n'avaient jamais été aussi lourdes et faibles. Enfin, j'atteignis la terrasse. Lisa se précipita dehors lorsqu'elle m'aperçut. D'un signe de la main, je lui ordonnai de rester où elle était. L'incompréhension la figea. Je lançai un regard plus bas, au loin. J'avais eu raison. Il était encore là, comme lorsque nous étions jeunes, il attendait que je disparaisse pour s'éclipser à son tour. Chaque séparation, même pour quelques heures, était un écartèlement pour nous deux. Mon corps déjà douloureux se souvenait de la souffrance d'être loin de lui.

Rentre chez toi, Joshua. Je t'en prie, rentre.

Je puisai dans les ressources que je n'avais plus pour rejoindre ma fille. Arrivée près d'elle – où il ne pouvait plus rien distinguer –, je lui tendis la main. Elle m'attrapa dans ses bras et me fit entrer précipitamment pour me mettre à l'abri. Je m'abandonnai contre elle.

— Maman... Dans quel état t'es-tu mise ? Qu'est-ce qui t'a pris ?

— Pardon, sanglotai-je, tandis que je me fustigeais pour le spectacle affligeant que j'offrais à ma fille.

Je ne la respectais pas, je ne respectais pas ses craintes, ses angoisses. Je ne respectais pas le sacrifice de sa vie suspendue pour profiter du peu de la mienne qui nous restait. Je n'avais pensé qu'à moi. J'avais honte de mon comportement envers elle. Lisa prenait soin de moi, mettait tout en œuvre pour que je ne souffre pas, et je détruisais tous ses efforts, comme si je n'avais aucune considération pour elle.

Joshua m'avait toujours extraite de la réalité et il le faisait encore.

Elle me soutint jusqu'à la salle de bains et m'aida à m'asseoir sur le rebord de la baignoire.

— Veux-tu que je t'aide à prendre une douche chaude ? Tu dois absolument te réchauffer. Je peux rester avec toi, si tu préfères.

Je m'y opposai d'un signe de tête. Je refusais qu'elle devienne davantage encore mon infirmière. Elle m'apporta des vêtements secs et referma la porte sans un mot et sans bruit.

L'eau chaude, presque brûlante, ruisselait sur ma peau gelée. Pourquoi tremblais-je, au juste ? Le froid, le vent, la pluie ? Non. Rien de tout cela. Uniquement le choc de l'avoir retrouvé. C'était impossible. Avant, je ne me serais jamais risquée à imaginer pouvoir le revoir, ne serait-ce que quelques secondes. Cela m'aurait fait trop mal. Ce déchirement avec lequel je vivais depuis tant d'années ne devait surtout pas s'agrandir.

Tout venait de changer ; il était là, tout près de moi.

Rien que d'y penser, mon cœur cognait dans ma poitrine. Je revivais inlassablement cette course vers lui. À cet instant, rien ni personne, pas même la mort qui rôdait, n'aurait pu m'empêcher de le rejoindre. Qu'avais-je cherché ? Souhaitais-je vivre ce rendez-vous où je ne m'étais pas rendue et qui avait scellé notre séparation ? Et lui, en venant vers moi, que voulait-il ? Il m'avait regardée avec la même intensité qu'avant. Il avait peur que je ne sois pas réelle. Il ne m'avait pas oubliée. Il avait éprouvé le besoin de me toucher. Je ne désirais à nouveau plus qu'une chose ; qu'il me touche, et me retouche encore. J'aurais tant voulu pouvoir retraverser la plage et poursuivre nos retrouvailles. Comment était-ce possible après tant d'années ? Plus de vingt ans s'étaient écoulés depuis que je l'avais quitté. J'avais enfoui Joshua au plus profond de moi.

Je le retrouvais avec violence et attirance.

Je le retrouvais alors que je mourais.

Lisa respecta mon silence ; en revanche, elle me força à avaler un bol de soupe. J'acceptai sans rechigner. Je n'avais pas faim, mais je devais reprendre des forces, me reprendre, tout simplement. Durant le dîner, elle m'observa, attendant que je parle, que je m'explique.

— Je vais aller me coucher, lui annonçai-je, une fois qu'elle eut débarrassé.

Son visage se crispa.

— J'ai besoin de m'allonger, viens avec moi, et tu me demanderas ce que tu veux.

Ses épaules se relâchèrent de soulagement. Avant de prendre la direction de ma chambre, j'allai à la fenêtre, les lumières en face étaient allumées, je distinguai du mouvement, il était là, il regardait dans ma direction, comme avant, comme lorsque nous étions chacun chez soi. Je posai ma main sur la vitre, comme pour lui envoyer un signe.

— Tu peux éteindre, Lisa, j'arrive.

Je l'empêchai de fermer les volets et les rideaux, ce qu'elle faisait chaque soir avant que je n'aille me coucher. Depuis le jour où je n'avais plus dormi avec mes sœurs dans le dortoir et que nous avions eu chacune sa chambre, je ne les fermais plus. J'avais toujours aimé être réveillée par le jour, le soleil d'été, le vent, la pluie. J'avais été d'autant plus attachée à cette habitude après ma rencontre avec Joshua, j'avais le sentiment d'être plus proche de lui. Moins éloignée, en tout cas.

Ce soir, je renouais totalement avec moi-même.

Avec Maddie.

Lisa s'installa en tailleur au pied du lit et tripota nerveusement ses mains.

— Celui que tu as retrouvé sur la plage…

— Joshua.

— Le père de Nathan.
— Il semblerait…
— Il a un rapport avec l'été de tes seize ans ?
— Oui, et toutes les années qui ont suivi, jusqu'à mes vingt-trois ans. Mais avant de continuer… je dois te demander pardon.
Elle fronça les sourcils.
— Pardon, pour le risque que j'ai pris. Je vais le payer, tu vas le payer, je le sais.
Elle acquiesça tristement.
— Ensuite, poursuivis-je après un long soupir, pardon pour ton père.
— Pourquoi tu me parles de papa ? Je ne vois pas le rapport.
— Tu vas vite comprendre. Ne doute jamais de l'importance qu'il a pour moi. J'ai aimé ton père. Et je l'aime encore, tu le sais bien, mais…
— Maman, tu as eu un premier amour, je ne vais pas t'en vouloir pour ça !
— Joshua est bien plus qu'un premier amour. Il est et restera jusqu'à mon dernier souffle mon grand amour. L'unique amour de ma vie… Personne, même le meilleur des hommes, même ton père, n'aurait pu le surpasser.
Elle ouvrit les yeux de stupeur.
Quel soulagement de pouvoir le dire enfin, le dire à nouveau. Mon amour pour lui reprenait vie. Je n'avais plus à le taire comme s'il n'avait jamais existé. Comme si Joshua n'avait jamais fait partie de ma vie.
— Tu ne l'avais jamais revu ?
— Non… jamais depuis la dernière fois où je suis partie d'ici.

— C'est dingue que Suzanne et Anita n'aient pas su qu'il habitait là.

Je souris, ce fut plus fort que moi.

— Joshua sait être discret quand il le veut… Une ombre… Et je pense qu'il n'avait pas très envie de voir tes tantes.

— Ça te fait quoi de savoir qu'il est là ?

— C'est indescriptible… C'est difficile de t'en parler, je ne veux tellement pas te blesser par rapport à ton père.

— Ne t'inquiète pas, maman… J'ai l'habitude que vous soyez séparés… Je suis une grande fille. Vous êtes hyper proches… et en même temps, je me suis toujours demandé pourquoi tu n'avais pas refait ta vie ? C'est peut-être pour ça. À cause de lui ?

— Ton père non plus !

— Il est marié à l'agence de voyages !

Nous partageâmes un fou rire attendri.

— Mais lui, Joshua, que t'a-t-il dit sur la plage ? Il est aussi bouleversé que toi ? Tu crois qu'il t'aime encore ?

Ma fille serait-elle romantique ? Ses yeux brillants me le confirmaient.

— Je crois… que rien n'a changé pour lui non plus. Et… il m'a appelée Maddie.

— Maddie ?

— Il ne m'a jamais appelée autrement.

Avant lui, je ne savais pas ce qu'était l'amour. Malgré mes seize ans, je n'avais pas connu d'émois. Nous avions passé les jours suivant l'après-midi de notre rencontre à quelques mètres l'un de l'autre, sans nous adresser la parole, à nous dévorer des yeux des heures durant. Les siens parcouraient mon corps, je découvrais le désir, un désir brut, douloureux. J'avais mal d'attendre qu'il me touche, je voulais sa bouche, ses lèvres, ses mains, tout son corps. Je perdais pied, ne comprenant pas ce qui m'arrivait. Nous étions nous deux au milieu des autres, qui n'existaient plus. Et puis un matin, alors que je me levais avant toute la maisonnée, le sommeil m'ayant quittée depuis que Joshua occupait mes pensées, j'étais allée sur la terrasse pour voir le soleil finir de se lever. Et il était en bas de l'escalier. Il m'attendait. Sans chercher à couvrir mon corps à peine dissimulé, j'étais descendue le rejoindre pieds nus. Il m'avait souri et tendu la main pour franchir la dernière marche. Nos peaux s'étaient enfin rencontrées. Il avait simplement murmuré « Bonjour, Maddie ».

— C'est incroyable ce qui t'arrive, maman.

— Je n'en suis pas certaine, Lisa… Si je n'ai pas passé ma vie à ses côtés… c'est parce que notre histoire… Je l'ai quitté, Lisa, je l'ai quitté… Et je refuse de le faire souffrir à nouveau. S'il m'aime toujours, comme moi je l'aime encore, et qu'il apprend que je vais mourir…

Ma voix se brisa.

— Il sera comme nous tous, maman, il sera anéanti.

Nous nous regardâmes dans les yeux une éternité. Je tendis la main vers elle, elle s'y agrippa de toutes ses forces.

— On n'a pas le droit de pleurer ce soir, maman. C'est merveilleux, quoi que tu en penses… Parle-moi de vous. Parle-moi de lui… Je veux le connaître…

Lisa avait hérité de la générosité de son père, et me le prouvait encore une fois.

— Comment te parler de Joshua ?

Quels mots pour être à la hauteur de l'intensité de notre histoire ? Nous avions l'un comme l'autre été emportés par une vague.

Une vague merveilleusement dévastatrice.

Avec lui, j'étais en sécurité et en danger à la fois. Sur un fil fragile, permanent et infini. Mes parents et mes sœurs furent totalement désarçonnés par ma transformation. Les repères de ma famille à mon sujet volèrent en éclats. Avant lui, j'étais une petite fille ; après notre rencontre, ils se retrouvèrent face à une femme qui avait grandi d'un coup, rageusement amoureuse, en manque du cœur et du corps de celui qu'elle aimait dès qu'elle n'était pas à ses côtés. Et pourtant, ils n'avaient d'autre choix que de s'incliner, car ils constataient que j'étais – encore – moi-même, mais libérée de toute entrave, de toute timidité. Avec Joshua, je m'affirmais, j'avais confiance en la vie, en l'avenir, en moi, en lui, en nous.

Tout alla très vite, très fort, très haut entre nous. Nos corps s'aimantaient, nos musiques s'appelaient, nos esprits se fondaient l'un dans l'autre d'un simple regard dans un silence fiévreux. Nous nous rendions forts, comblions nos manques, nous nous admirions avec la même puissance. J'avais de l'emprise sur lui. Lui avait de l'emprise sur moi. Nous étions dépendants l'un de l'autre, vivant chaque séparation entre les vacances scolaires comme un supplice qui ne faisait qu'accroître nos sentiments. Nous n'aspirions qu'à être ensemble, à jouer ensemble, à ne former plus qu'un. Même séparés, nous étions inatteignables. Inébranlables dans notre amour. Suzanne et Anita tentaient régulièrement de me raisonner, de me remettre les pieds sur terre, elles ne réussirent qu'à m'éloigner d'elles. Je ne tolérais aucune critique ni interrogation ni remarque, et encore moins remise en question.

Après mon bac et mes dix-huit ans, sans laisser la possibilité à quiconque de me retenir, je pris une décision radicale ; je quittai ma famille pour m'installer avec Joshua, qui, lui, m'imposa à sa mère.

Malgré les larmes, les cris, les drames qui finirent par nous séparer, ce furent les plus belles années de ma vie, consacrées passionnément à l'amour et à la musique. Joshua, grâce à son nom, était déjà dans le sérail, il fit en sorte qu'on m'entende jouer, sans dévoiler notre lien, avant que je n'obtienne une reconnaissance. Il savait que je refuserais les passe-droits que sa filiation pourrait me procurer. Il me respectait pour ce choix. Grâce à lui, j'étais devenue fière, et j'avais enfin accordé une place à mon ego. Je réussis à passer l'épreuve du feu. Je fus très vite reconnue pour mon talent, et non pour le couple que je formais avec lui. J'existais par moi-même. À partir de là, et malgré notre jeune âge, notre carrière de pianistes professionnels débuta. Nous nous produisions toujours dans les mêmes endroits, pour ne jamais être séparés, et très souvent en duo. Sur scène, nos deux pianos s'imbriquaient l'un dans l'autre comme les deux parties d'un tout ; la musique nous emportait dans notre monde, nous jouions, les yeux arrimés.

— Maman, c'est complètement fou ce que tu me racontes… Tu as vraiment fait des concerts ? Où ?

— Un peu partout… Je n'ai pas fait mon premier tour du monde avec ton père, je l'ai fait avec Joshua.

— Tu as gardé des souvenirs de cette époque-là ? Tu as des photos ? Des vidéos ? Je veux voir, moi.

— Je me suis débarrassée de tout… C'était trop violent… Je ne m'en serais jamais sortie si j'avais eu ne serait-ce qu'une infime possibilité de revoir ou de réentendre tout cela. J'ai disparu. Je me suis effacée du monde de la musique et de la vie de Joshua. C'est pour cette raison que je ne suis plus jamais revenue ici et que je n'ai surtout plus jamais posé les mains sur un clavier. J'ai sombré à un point dont tu ne peux pas avoir idée, j'ai traumatisé tes grands-parents, tes tantes, et mis deux ans à m'en relever, à être autre chose qu'une ombre…

J'étais revenue honteuse et détruite. Détruite par l'amour que j'avais abandonné. Détruite par l'intensité à laquelle je renonçais. Mes parents étaient de merveilleux et bons parents ; ils me pardonnèrent mon éloignement et ma furie amoureuse, ils m'ouvrirent leur porte, ils furent patients, ils me soignèrent avec leur amour pudique, sans poser de questions, sans chercher à savoir ce qui m'avait poussée à commettre l'impensable. Suzanne et Anita, quant à elles, exigèrent de tout savoir, de connaître l'ensemble des événements qui m'avaient poussée à quitter Joshua. Elles avaient de l'affection pour lui, mais elles s'étaient toujours méfiées de son entièreté, de ses fragilités. Alors, elles n'hésitèrent pas à enfoncer le clou ; avec le recul, je les comprenais, elles voulaient me sauver de cette passion, elles voulaient m'arracher à ce mal d'amour extraordinaire qui me rongeait, même si elles prirent vite conscience que je n'aimerais plus jamais de cette façon, et qu'il me serait bien difficile – voire impossible – de me laisser à nouveau aller.

La seule et unique personne à qui, depuis, j'avais raconté toute l'histoire était Vasco. Vasco, comme je l'avais dit à Lisa, connaissait tout jusqu'au moindre détail. Quand il avait été évident que quelque chose naissait entre nous, le souvenir de Joshua m'avait rattrapée avec une puissance démultipliée. Son visage, son parfum, sa voix me hantaient dès que Vasco s'approchait de moi. Pour me libérer de ce fardeau, pour ne pas le prendre en traître et lui laisser le choix de rester ou de s'éloigner de moi en connaissance de cause, je lui avais tout révélé. Dans sa merveilleuse simplicité, il m'avait dit : « Je n'ai jamais attendu un amour comme celui que tu as vécu, je n'attendrai jamais ça de toi, je ne l'exigerai pas. »

— Pourquoi l'as-tu quitté, maman ?

J'aurais voulu hurler au souvenir de cet instant fatal et de la décision déchirante qui avait suivi.

— Je t'ai raconté le beau, l'incroyable, le passionnel dans ce qu'il a d'extraordinaire… Mais le passionnel possède sa part sombre… Je te demande de me laisser ce secret. Le secret de ma séparation avec Joshua. S'il te plaît…

— Juste une question.

Je cédai en inclinant la tête.

— T'a-t-il fait du mal ? Est-ce pour cette raison que ça s'est fini entre vous ?

— Joshua est absolu, sans concession, mais jamais, et je te le promets, jamais il n'a levé la main sur moi. Une personne nous a fait du mal, beaucoup de mal. Surtout à lui, tu ne sauras jamais à quel point, et c'est tant mieux.

— Alors, tu as tout perdu en le quittant ?

— Pas vraiment, puisque je vous ai eus, toi et ton père.

— On ne parle pas de moi ni de papa, on parle de toi ! Réponds, maman.

— J'ai tout enfoui, Joshua et le piano, au fond de moi. J'ai renoncé à qui j'étais. Je suis devenue une autre pour survivre.

— Ce n'est pas juste.

— C'est la vie… J'ai fait des choix, je les ai assumés… et j'ai été heureuse. Tu es ma plus grande joie.

Elle se leva brusquement, arpenta ma chambre, plongée dans ses pensées. De temps à autre, elle me lançait un regard. Puis, elle vint s'asseoir près de moi, elle attrapa mes mains dans les siennes et les serra fort.

— J'ai une faveur à te demander. Je ne poserai plus de questions. Tu m'as déjà beaucoup donné… mais je veux que tu sois heureuse encore une fois.

Où voulait-elle en venir ?

— Va retrouver Joshua, rejoue du piano avec lui. Tu as le droit d'avoir du bonheur avant de t'en aller… Tu ne peux pas refuser ce cadeau…

Je me mis à trembler. Elle demandait trop. Elle demandait l'impossible.

— Je ne peux pas… Je ne sais plus jouer…

— Je suis sûre du contraire, maman. Je viens de comprendre une de tes manies qui m'a toujours fascinée depuis que je suis petite. Les rares fois où il y a de la musique à la maison, tes yeux partent dans le vague et ta main danse d'un mouvement gracieux dans les airs.

Elle avait remarqué ce réflexe qui ne m'avait jamais quittée, malgré mon combat pour qu'il déserte mon corps.

— Peut-être que je saurais encore jouer quelques notes ou une partition d'enfant, mais je t'ai expliqué que…

— Tu ne veux pas le faire souffrir, je sais, mais moi, je m'en fous qu'il souffre ! Tu vas mourir, maman, prends l'amour qu'il peut te donner.

— Je vais le détruire, Lisa… tu ne le connais pas comme je le connais, moi.

— Laisse-lui le choix de se détruire s'il le souhaite. Et maman, je te préviens, je refuse catégoriquement que nous partions d'ici.

Ma fille avait lu dans mes pensées, j'étais prête à appeler mes sœurs ou Vasco pour que dès le lendemain ils viennent nous chercher, pour qu'ils m'éloignent de Joshua. Et pourtant, au fond de moi, mon désir le plus profond avant de mourir était d'être avec lui.

— Si tu dois mourir avec lui, je l'accepte. Je ne me pardonnerais pas de te priver de cet homme que tu n'as jamais cessé d'aimer, maman. Comment pourrais-je me regarder en face après ? Tu crois que je serais capable de revenir ici, en le sachant là ?

– 21 –

À l'est de la plage

Le jour se levait. Un jour nouveau. Un jour avec elle. Avait-elle dormi ? Avait-elle rêvé de nous ? Je n'avais plus besoin de sombrer dans le sommeil pour rêver d'elle. Désormais, je laissais libre cours à mes désirs.

Comme il avait été difficile de la laisser s'éloigner. Je m'étais mordu l'intérieur des joues pour ne pas hurler quand elle avait disparu. La même douleur qu'avant m'avait terrassé. Pourtant, nous n'avions jamais été si proches. Cela avait été trop court. Trop frustrant. De la sentir et qu'elle s'échappe. Je m'étais remis à douter de sa réalité. J'étais resté figé sur la plage, sous la pluie, tout mon être tourné vers elle. Sans comprendre ce qui m'arrivait, j'avais laissé Nathan me traîner jusqu'à la maison. Dès qu'il m'avait lâché, je m'étais posté à la fenêtre pour l'imaginer. Un peu plus tard, j'avais aperçu sa silhouette découpée dans la lumière de sa maison, elle regardait dans ma direction, mon agitation s'était dissipée. Elle était là. Vraiment là. Pour moi. Sans répondre à aucune des questions de mon fils, je m'étais installé au piano.

Des heures que je jouais sans m'interrompre, le visage régulièrement et irrésistiblement attiré par l'ouest. Mon piano comme son corps. Mes mains sur elle. Sa peau contre la mienne. Sa chaleur qui me réchauffe. La nuit entière à lui faire l'amour. Sa présence m'avait refait homme. Depuis de nombreuses années, le corps des autres et celui de Carole ne suffisaient plus à étouffer le souvenir du sien qui me hantait. Ils étaient fades, froids, sans intérêt, sans passion. Le mien s'était éteint. À quoi bon faire semblant ?

Maddie était la seule à me rendre vivant, elle était l'unique source de mon désir et de mon plaisir. Elle était ma lumière, ma paix, mon équilibre. Dès qu'elle était à mes côtés, que je sentais sa présence, mes démons s'éloignaient. Avec Maddie, j'étais libéré de tout ; mes parents, mes douleurs, mes angoisses. Elle m'avait ouvert un monde de douceur. Elle m'avait fait croire à l'amour.

Conserver mon calme, savourer ce cadeau des dieux était impératif. Y en avait-il finalement un pour m'accorder sa clémence, son pardon et m'offrir ma rédemption ? Il allait me mettre à l'épreuve. Soumettre ma patience à résistance. Maddie était bouleversée par nos retrouvailles ; je la voyais encore la veille au soir, tremblante, pâle, si pâle, remplie de peur et d'étonnement. Elle m'avait paru tellement fragile, comme si elle éprouvait des difficultés à tenir debout.

Avait-elle douté de la puissance de notre amour ? Je prendrais mon temps pour la lui rappeler. Nous n'étions plus à quelques jours ou semaines près, maintenant que nous étions réunis. Elle dans sa maison. Moi dans la mienne. Comme lorsque nous étions jeunes. Ce sentiment m'était presque étranger, mais je me réjouissais de revivre nos débuts.

Nous avions la vie devant nous.

— Papa ! Tu fais chier à jouer toute la nuit ! J'ai été obligé de mettre des boules Quies pour réussir à dormir.

L'irruption de Nathan me ramena violemment à la réalité. Je lui jetai un coup d'œil certainement ahuri ; il secoua la tête, amusé et dépité par le spectacle que je lui offrais. Son père écroulé sur son piano, le sourire lointain. Je l'observai déambuler en short dans le séjour, se rendre dans la cuisine. Il fit deux cafés, les placards s'ouvrirent, se fermèrent, de l'eau coula dans l'évier.

Qu'est-ce qu'il trafiquait ?

Il revint, me défia en déposant une tasse et un verre pleins sur le piano – je ne supportais pas qu'on prenne le risque de l'abîmer – et ouvrit sa paume sous mon nez.

— Hier soir, tu n'as pas pris ton traitement. Tu n'y couperas pas ce matin.

Je fixai les cachets, un rictus dégoûté aux lèvres.

— Je n'en ai plus besoin.

— Tu as ton regard de fou, je n'aime pas quand tu es comme ça. Alors tu vas les avaler, sans broncher. Si je dois te surveiller pendant que tu prends ta douche, je m'en fous, je t'empêcherai de les dégueuler.

Je ris pour dissimuler mon bouleversement face à l'amour que me portait mon fils.

— Très bien, mais la petite dose. Je n'ai pas été aussi lucide depuis très longtemps. Fais-moi confiance.

La chimie ne changerait rien à ce qui se produisait. Il me fixa longuement, surpris, désappointé par ma remarque. Il me parut presque ému.

— Que t'est-il arrivé sur la plage, papa ? Tu es si étrange, et pourtant, tu es… je ne sais pas… Parle-moi ?

Je me levai, l'attrapai par la nuque et posai mon front contre le sien. Je poussai un profond soupir de soulagement. Je respirais tellement mieux.

— Je me suis retrouvé, mon fils. Tout ira bien, maintenant.

– 22 –

À l'ouest de la plage

Un grand soleil d'hiver illuminait la plage en ce milieu d'après-midi. J'attendais que ses rayons pénètrent chaque fibre de mon corps pour me réchauffer. Ce qui se révélait être de plus en plus difficile. J'avais épuisé mes réserves en rejoignant Joshua. Comme je l'avais senti, j'en payais immédiatement les conséquences, conséquences à la hauteur du bouleversement provoqué. Je m'étais fait mal, très mal, grignotant des jours sur la vie. Je l'assumais et ne regrettais en rien ma réaction dès lors que Lisa me la pardonnait.

Je sortais de trois jours clouée au lit, incapable de le quitter plus de quelques minutes. Je ne m'alimentais plus que du strict minimum, ne me forçant que pour ma fille. Je n'étais pourtant pas encore prête à appeler mes sœurs et Vasco pour qu'ils viennent à sa rescousse, pour qu'elle ne se retrouve pas seule au moment fatidique. Leur demander de venir signifierait que la fin était là…

Aujourd'hui, pas un nuage ne voilait le ciel d'un bleu profond. Si profond que l'on devinait le froid glacial qui devait régner dehors, rien qu'à l'admirer. La lumière était si puissante qu'elle éclairait encore l'intérieur de la maison. Même en plein après-midi, dans la cabane de Sophie, nous devions nous éclairer. Pas aujourd'hui.

En face, le séjour était écrasé par le soleil qui devait lui-même ricocher sur le piano, le rendre encore plus beau. Plus magnétique. Je n'en avais jamais vu de pareil. Il avait nécessairement suivi Joshua toutes ces années. Ce piano à queue noir auquel il tenait plus que tout. À l'époque, j'étais la seule à avoir l'autorisation de m'en approcher et de le toucher.

Qui, depuis moi, avait eu ce privilège ? La mère de son fils ? Était-elle pianiste ? Qui d'autre qu'une pianiste aurait pu l'attirer ? Le faire devenir père ? J'évacuais cette pensée, refusant d'être assaillie par des relents de jalousie. De quel droit oserais-je l'être ? Je l'avais abandonné, je l'avais quitté. Et moi-même, j'avais eu une fille, j'avais laissé un autre corps remplacer le sien.

Son fils jouait-il ? Lui avait-il appris ? Était-il un virtuose comme son père et son grand-père avant lui ? Joshua avait-il perpétué la tradition ? Pas certain. Le poids que son père avait fait peser sur ses épaules était parfois si lourd qu'il ployait sous cette responsabilité. J'osais espérer qu'il avait donné tout l'amour dont il était capable à son fils. Quel père était-il ? Nathan avait-il trouvé les clés pour le saisir ? Joshua était tellement secret et à vif… Comment avait-il traversé les années qui avaient suivi notre séparation, et surtout la mort de sa mère ?

À la seconde où elle m'avait vue, la mère de Joshua m'avait détestée. Cette femme d'une beauté irréelle m'avait écrasée par son intelligence redoutable, son esprit retors, son amour maladivement possessif pour son fils, et ses innombrables blessures auxquelles je ne comprenais rien. J'avais tout essayé ; me rendre invisible, apprendre à lui répondre, à m'imposer, à l'adoucir en lui garantissant que je ne cherchais pas à prendre sa place auprès de lui, à aller dans son sens ; j'étais même prête à lui obéir, et à encaisser… si cela pouvait épargner Joshua. À de nombreuses reprises, elle s'était jouée de moi et de mon innocence, déployant son art de la tragédie pour que j'imagine avoir obtenu une once d'affection de sa part. Ce n'était que pour mieux m'abattre ensuite.

Je lui volais sa chose, puisqu'elle considérait son fils ainsi. Moi qui n'avais été entourée que d'amour, je découvrais des rapports violents et destructeurs. C'était à qui ferait le plus de mal à l'autre. Pourtant, Joshua, pour respecter la mémoire de son père, courbait l'échine, cédait aux caprices de sa mère. Il céda jusqu'à moi.

Lorsque nous décidâmes de mon installation chez lui, elle perdit pied, hurlant, vociférant, faisant du chantage au suicide – une de ses habitudes, m'avait-il appris. Il menaça de l'abandonner définitivement – je compris que ce n'était pas la première fois non plus qu'il usait de ce pouvoir –, elle obtempéra, sentant que son fils était déterminé à mettre cette menace à exécution. Il n'était plus seul face à elle. J'étais là, maintenant, je le soutenais, je l'apaisais.

Elle se calma quelque temps, ne m'agressant plus verbalement, le provoquant moins pour éviter qu'il ne franchisse le pas de trop. Je me souvenais de crises d'une rare violence entre lui et elle. Avec un plaisir non feint, elle balançait tout et n'importe quoi sur son piano, pour la satisfaction de le voir s'énerver, pour qu'il explose en ma présence et me terrorise une bonne fois pour toutes. Elle voulait me faire peur. Me dégoûter de lui. M'éloigner de lui. J'étais toujours prête à faire barrage de mon corps pour protéger cet instrument magique, Joshua s'interposait entre sa mère et moi pour qu'elle ne m'atteigne jamais, ce qui était son but premier.

J'avais suffisamment d'influence sur lui pour le rassurer, lui répéter qu'elle ne nous séparerait jamais.

« Seule la mort nous éloignera l'un de l'autre », lui répétais-je.

Ce à quoi il me répondait : « Seule la mienne nous séparera, je ne te survivrai pas. »

Pour autant, Joshua ne prenait jamais de risques, ne me laissant jamais seule avec elle. Il sortait, je l'accompagnais. Je sortais, il restait surveiller sa mère. Il me répétait régulièrement : « Tu ne sais pas de quoi elle est capable, à la première occasion où j'aurai le dos tourné, elle te fera du mal. » À mesure que la paranoïa de Joshua enflait, nous prenions notre envol dans le monde de la musique, nous absentant de plus en plus souvent de la maison. Nous prolongions nos voyages, pour savourer nos tête-à-tête et le calme de cette intimité. Il était si détendu, si heureux, si joyeusement passionné quand nous étions loin d'elle. Je découvrais une nouvelle facette de lui qui me faisait l'aimer plus fort encore. Bien sûr, il restait toujours cet homme torturé, mais il jouait de son ironie, des sarcasmes ; il me provoquait pour mieux me séduire, comme s'il en avait encore besoin. Je savourais. Je jouissais de lui, de qui il était.

Avec les années, nos retours devinrent de plus en plus difficiles à gérer, tant ce que nous découvrions était effrayant. Nous la retrouvions dans des états pitoyables, imbibée d'alcool et de médicaments, la maison dévastée. Dans un rire diabolique, elle tournait autour du piano – intact –, regard braqué sur Joshua, elle le caressait en lui disant : « Il connaîtra le même sort que celui de ton père… » Je retenais Joshua de lui sauter dessus.

Mais Joshua connaissait ses limites. Il estimait avoir fait ce qu'il pouvait pour elle et refusait que nous soyons mis en péril. Nous avions un avenir heureux devant nous, il refusait que sa mère le gâche. Le temps des concessions n'avait que trop duré pour lui. Il était en train de s'y perdre. De nous perdre.

Un soir, après une énième dispute entre eux, il lui annonça que nous quitterions la maison dès le lendemain. Elle se leva du canapé, avala un verre, passa devant lui en ricanant.

— Je vais sauter ! Et ce sera ta faute…

— Mais vas-y ! Vas-y ! Saute une bonne fois pour toutes et fous-nous la paix ! gueula-t-il, à bout de nerfs.

J'étais arrivée à un tel stade de tolérance que je ne relevai pas, me contentant de la suivre du regard, elle marchait en direction de la falaise. Après de longues minutes d'un silence pesant, nous finîmes par aller la récupérer – comme chaque fois. Il faisait nuit noire, la lune était dissimulée par de gros nuages. Un vent froid soufflait en rafales. La vision qu'elle nous offrit nous figea à quelques mètres d'elle. Elle dansait tel un spectre au bord du précipice. Elle nous remarqua et se figea en nous fixant, la tête penchée, comme si elle ne comprenait pas ce qui se passait. Son regard était habité par ses démons à elle, ses chagrins. Joshua lui tendit la main.

— Viens, maman, rentrons à la maison.

Elle sourit, fit un pas vers nous et perdit l'équilibre, sous nos yeux, dans un silence glaçant. J'étouffai un cri dans mes mains. Joshua, totalement tétanisé, n'esquissa pas l'ombre d'un geste pour la retenir.

— Maman, à quoi penses-tu ?

Elle s'enroula au-dessus de moi. Elle me couvrait de sa tendre douceur.

— À rien, mentis-je. Je regarde la mer.

Elle posa son visage dans mes cheveux.

— C'est beau, c'est si beau, chuchota-t-elle. Je ne pensais pas que la mer pouvait avoir cette couleur ailleurs que dans les endroits où vous m'avez emmenée avec papa.

— Ici, elle est émeraude. L'été, elle peut être translucide, comme dans les îles… en un peu plus froide bien sûr.

Elle rit et ce son mélodieux me remplit de bonheur. Ce qui ne m'était pas arrivé depuis des années se produisit ; j'entendis des notes dans ma tête, je fermai les yeux et vis se dessiner la composition de cette partition.

Les clés. *Sol*. *Fa*. Les croches. Les soupirs. Les harmonies.

— Promets-moi de revenir cet été, lui demandai-je.

— C'est avec toi que je voudrais me baigner, maman.

Nous savions l'une comme l'autre que je ne verrais pas le prochain été. Je ne le toucherais même pas du bout des doigts.

Les mois s'étaient transformés en semaines.

Et les semaines en jours.

Ce qui me restait de chair me le confirmait.

— Tu penseras à moi, je serai tout près... Laisse-moi t'imaginer courir vers l'eau... Tu pousseras un cri lorsque ton pied atteindra la mer, tu hésiteras, et puis tu te jetteras dedans, incapable de résister.

— J'essaierai...

J'attrapai sa main et embrassai le creux de son poignet.

— Tiens, c'est Nathan sur la plage, s'enthousiasma-t-elle. J'ai envie d'aller lui dire bonjour. Et puis, il faut que son père sache que tu es toujours là ! Je veux savoir comment il va depuis qu'il t'a revue !

Elle quitta sa place d'un bond. J'étais tellement stupéfaite par sa réponse et sa réaction que je fus incapable de la retenir. Je restai immobile tandis qu'elle enfilait une veste en laine noire et enroulait autour de son cou une grande écharpe blanche. Elle déposa un baiser sur ma joue. Elle sourit lorsqu'une fois sur la terrasse le vent fit virevolter ses cheveux autour de son visage. Elle disparut dans l'escalier d'un pas léger. Que ma fille était jolie. Encore une image que je rêvais de conserver de l'autre côté.

J'étais fascinée par la scène qui se déroulait sous mes yeux. Ma fille appela son fils, il tourna la tête dans sa direction, son visage s'éclaira et il avança vers elle. Je fus brusquement plongée dans mon passé. Comme si on projetait sous mes yeux le film de nos rendez-vous à Joshua et à moi. Lisa me ressemblait, tout le monde le disait. Nathan ressemblait trait pour trait à son père. Il hésita un instant, puis embrassa délicatement ma fille. Joshua n'aurait pas hésité. Il l'invita à marcher vers la mer. À partir de là, je ne les voyais plus, eux. Je nous voyais, nous, Joshua et moi. Était-il en train d'assister au même spectacle que moi ? Revivait-il nos souvenirs ?

Lisa et Nathan déambulaient sur la plage, à notre place, ils discutaient, se souriaient de temps à autre. Il la couvait de regards, elle l'observait à la dérobée en gardant sa part de mystère. Étaient-ils en train de créer une bulle qui n'appartiendrait qu'à eux ? C'était tout bonnement impossible. L'histoire ne pouvait pas se répéter. Évoquaient-ils leurs parents ? Nathan connaissait-il mon existence ? Avait-il déjà entendu parler de moi ?

Depuis que mes forces s'enfuyaient chaque instant un peu plus, sans que je puisse les rappeler à moi, j'alternais entre mon lit et le fauteuil près de la fenêtre, mais surtout je restais incapable de franchir la distance qui me séparait de lui. L'inquiétude me retenait de céder à mon égoïsme et à celui de Lisa. Pour le protéger, j'aurais pu me contenter de le savoir tout près, proche de moi comme il ne l'avait plus été depuis plus de vingt ans, et revivre en pensée ces quelques secondes merveilleuses sur la plage.

Mais lorsque ce n'était pas ma fille, mes sœurs s'y mettaient. J'avais été incapable de leur cacher mes retrouvailles avec Joshua. De toute manière, si je ne leur avais pas avoué, j'aurais pu compter sur Lisa pour s'en charger. Suzanne et Anita avaient poussé des cris, effrayées à l'idée que je renoue avec lui. Puis, très rapidement, elles s'étaient calmées, et avaient remercié les dieux pour le cadeau qu'ils m'offraient. Elles voulurent tout savoir.

« Comment est-il ? A-t-il beaucoup vieilli ? Que t'a-t-il dit ? T'appelle-t-il toujours Maddie ? »

À intervalles réguliers, elles m'envoyaient des messages m'ordonnant de « courir » vers lui, vers mon dernier bonheur.

Mes digues cédaient les unes après les autres.

Le coup de grâce à mes résistances était venu de Vasco. Aussi incroyable que cela puisse paraître. La veille, il m'avait appelée, comme chaque jour. Très vite, le ton fébrile de ma voix m'avait trahie. Il me connaissait par cœur.

— Madeleine, tu me caches quelque chose… et ça n'a rien à voir avec ta santé…

— Pour ce qu'il m'en reste !

— Je suis sérieux.

— Moi aussi.

— Alors ? Ne m'oblige pas à demander à Lisa.

J'avais soupiré, affligée d'être aussi transparente.

— Tu te souviens, tu m'avais prévenue que je ne retrouverais rien ici… Je pensais comme toi… et finalement, nous nous sommes trompés.

— Merde, avait-il soufflé après de longues secondes. Il est là ?

— Oui…

— Je peux savoir ce que tu fabriques au téléphone avec moi, au lieu d'être avec lui ? Tu viens de me rappeler que tu n'avais pas de temps à perdre !

— Pas toi, Vasco ! Tu es bien le seul être sur cette terre à avoir le droit d'être en colère en apprenant qu'il est tout près de moi !

— Justement, je ne le suis pas le moins du monde. Je te dis, non, je t'impose d'être avec lui. Madeleine, nous en avons suffisamment parlé tous les deux. On s'est fourvoyés l'un comme l'autre dans notre mariage, tu n'étais pas faite pour moi et, moi non plus, je n'étais pas fait pour toi. Mais on a réussi la plus belle des aventures ensemble, être parents de Lisa, et terriblement nous aimer, sans amour. Lui, tu l'aimes d'un amour que je ne pourrai jamais comprendre, qui me dépasse et qui dépasse l'entendement. Alors, sois heureuse avec lui, fais-moi ce cadeau. Et fais-lui ce cadeau.

— Mais il va tellement souffrir…

— Comme nous… Je ne le connais pas, mais si j'étais à sa place, je voudrais profiter de chaque seconde, de chaque souffle avant de te perdre.

Je séchai mes larmes en prenant conscience que Nathan et Lisa revenaient au pied de notre escalier. Lisa disparut de mon champ de vision, elle grimpait vers la maison. Je ne quittai pas Nathan des yeux – tout en voyant Joshua à sa place –, il surveillait son ascension, sourire aux lèvres. L'ombre de Lisa arriva sur la terrasse. Elle regarda en bas, sourit rêveusement, lui envoya un signe de la main et entra dans la maison sans un mot. Son silence finit par m'angoisser.

— Comment va-t-il ?

Elle me lança un coup d'œil malicieux.

— Je cite Nathan : « Mon père est fou, mais depuis quelques jours, il est totalement allumé, et c'est cool ! »

Ma respiration devint laborieuse. Comment était-il possible d'être comblé et d'un bonheur incommensurable et d'un chagrin inconsolable ?

– 23 –

À l'est de la plage

Maddie résistait. Pourquoi ? Si elle m'avait rejoint sur la plage, cela signifiait qu'elle m'avait pardonné. Elle pouvait toujours étirer le fil entre nous, elle finirait par me revenir. C'était inévitable. Face à *nous*, la lutte était perdue d'avance. Le plus grand pas était déjà franchi. Elle honorait notre rendez-vous derrière ses fenêtres. Pourtant, j'étais perturbé. Lorsque cela nous concernait, Maddie n'avait aucune patience. Tout comme moi, elle en perdait la raison. Elle ne serait pas venue si elle n'avait pas été prête à reprendre notre histoire où elle s'était arrêtée.

Un point m'échappait, j'en étais convaincu.

Depuis qu'elle m'accompagnait à nouveau – même depuis l'autre côté de la plage –, j'étais pris de frénésie. Combien d'années sans composer de cette façon ?

Plus son souvenir s'était éloigné, moins j'avais réussi à créer. Les notes ne venaient plus. Elles s'étaient taries en réponse à son absence. Maddie m'avait mis sur le chemin de la création. Elle nourrissait mon âme. Elle était la source de tout. Sans elle, je n'y arrivais plus. La foi m'avait déserté. À mesure que le temps passait, l'inspiration m'avait échappé. Pour disparaître totalement de mon esprit. Je n'étais capable d'interpréter que la musique des autres, et non plus la mienne. La nôtre.

Nos retrouvailles m'avaient libéré. J'étais son prisonnier. Et pourtant, la retrouver brisait les chaînes qui m'entravaient depuis notre séparation.

J'écrivais, je jouais.
J'ajustais.
Je jouais, j'écrivais.
Encore et encore. Inlassablement.
Le cœur lent, derrière mes yeux clos, je visualisais la partition, j'entendais la composition. Et je couchais sur les portées tous ces mots que j'aurais dû lui murmurer, lui écrire ces dernières années. Les feuillets volaient les uns après les autres autour de moi, sur le piano, au sol. De temps à autre, l'espace d'une seconde, je relevais la tête, mes mains lâchaient mon crayon ou quittaient mon clavier.
Et je regardais autour de moi.
J'aimais ce spectacle.
Mon piano. Les notes. Moi. Pour elle.
Tout était pour elle.
Personne d'autre qu'elle ne jouerait ces morceaux. Ils lui raconteraient nos années de souffrance à avoir été séparés. Ils lui diraient tout le mal que j'avais enduré à vivre loin d'elle. Je composais ma

souffrance et pourtant, j'étais dans une euphorie permanente. L'adrénaline m'habitait.

Nous jouerions cette partition à quatre mains.

Elle et moi.

Comme avant.

Comme nous aurions dû l'interpréter toute notre vie.

Nathan ne m'entravait pas dans cette folie créatrice. Au contraire. Il m'assistait. Il me nourrissait. Lorsque épuisé, au milieu du jour ou de la nuit, je m'écroulais sur le canapé, il me couvrait d'une couverture. Sans jamais toucher à ce que j'exposais autour de moi, il me fournissait en papier pour que je n'en manque pas. Il respectait mon souhait d'une dose minime dans mon traitement psychotrope. Il me servait mes verres d'alcool. Il ne cherchait pas à s'immiscer dans le duel musical que je livrais.

Il m'observait, fasciné. Quand je quittais furtivement mon monde d'*Elle* et de musique, je croisais le sourire aimant de mon fils qui me galvanisait davantage encore, et je lui répondais. Jamais, de toute sa vie, il ne m'avait vu ainsi. Je n'aimais pas ce sentiment, mais j'étais fier qu'il découvre cette face cachée de moi. Quand je ne serais plus là – dans longtemps, j'en étais désormais convaincu –, il s'en souviendrait. Il conserverait un souvenir de son père, complet, heureux et animé par un but plus grand que lui. Peut-être cela effacerait-il l'image d'un homme en pleine déchéance ?

Rien ne m'arrêtait. Ni la fatigue. Ni la faim. Ni les douleurs du corps. Je voulais terminer avant que

Maddie ne traverse la plage. Je lui offrirais une partition complète.

Notre symphonie achevée.

Peu importe que je sue sang et eau. Je pouvais bien crever de fatigue.

Un bruit qui n'avait rien à faire là me dérangea. Que cela pouvait-il bien être ? La sonnette de la porte d'entrée ! Personne ne sonnait chez moi. Tant mieux d'ailleurs. Je demandai à Nathan de s'en occuper. Pas de réponse. Où était-il ? Ce son épouvantable me perturbait. Je m'apprêtais à gueuler plus fort encore sur lui, lorsque je me souvins qu'il était parti sur l'eau pour la journée, après s'être assuré que je pouvais rester seul quelques heures.

Plutôt que de jouer les sauvages, j'allais prouver à mon fils que je pouvais me révéler un être sociable. Je voulais lui faire plaisir et lui raconter à son retour que j'avais été capable d'échanger courtoisement avec un sonneur du dimanche.

Je quittai mon tabouret et j'eus besoin de quelques secondes pour retrouver l'équilibre à la verticale. Comme par réflexe, j'embrassai du regard l'ouest de la plage.

La lumière était allumée, et j'imaginai Maddie regarder dans ma direction.

Bientôt… Tu seras là…

— J'arrive ! braillai-je d'un ton que j'aurais voulu plus aimable.

Mon corps rouillé me faisait grimacer.

— Quoi ? dis-je en ouvrant la porte.

Je reculai, sous le coup de la surprise, et malgré la difficulté, je contrôlai mes réactions. Celle que j'avais prise pour Maddie était en face de moi. L'hallucination qui n'en était pas une. Sa fille. La même timidité mystérieuse dans les yeux. Ce regard qui donnait uniquement ce qu'il souhaitait, ce regard qui savait se rendre hermétique.

— Bonjour, monsieur.

Elle n'avait pas la tessiture de sa mère. Elle aurait été soprano si elle avait chanté. Maddie était alto. La terreur se lisait sur ses traits, tandis que je la fixais, traquant les ressemblances avec l'amour de ma vie. Me reprendre était urgent.

— Mademoiselle, que puis-je pour vous ? Seriez-vous perdue ?

Si elle continuait à broyer ses doigts de cette manière, elle allait finir par s'en casser un.

— Euh... non, pas du tout... En fait... je... je sais qui vous êtes.

— Tiens donc. Et qui suis-je ?

— Enfin, je veux dire... Nathan m'a dit qui vous étiez. Un pianiste reconnu.

Mon fils. Et non Maddie. Déroutant.

— C'est bien aimable de votre part. Êtes-vous simplement venue pour me complimenter ? Nathan est absent si vous souhaitiez le voir...

— Non... en fait, c'est vous... euh... Je voudrais vous connaître.

Elle passa une main tremblante sur son front. La curiosité me poussa à m'autoriser l'interdit.

— Entrez au chaud. Venez vous asseoir et m'expliquer tout ceci. Je vous avoue que je ne comprends pas très bien.

— Je ne veux pas vous déranger.

— Entrez !

Je lui avais aboyé dessus, comme un bourreau. Je me décalai, pour qu'elle me précède. Elle traversa l'entrée d'un pas peu assuré. Son regard allait de droite à gauche, essayant de scruter en toute discrétion. Elle était clairement mal à l'aise. Lorsqu'elle franchit le seuil du séjour, elle marqua un temps d'arrêt, les yeux aimantés par mon piano. Elle avança vers lui, comme hypnotisée. Dans une grande respiration, elle tourna le visage vers la vue. À l'ouest. Maddie savait-elle que sa fille était avec moi ?

— Oh… C'est incroyable…

Du doigt, elle m'indiqua la maison. J'étais incapable de commenter ses propos.

— Que voulez-vous ? me repris-je, d'un ton encore trop rude.

Elle redressa ses épaules, quittant sa posture de victime, puis me fit face. Cette gamine venait de se métamorphoser. Alors qu'elle m'avait paru fragile, elle révélait une force et une confiance en elle stupéfiantes, malgré une fêlure extrêmement profonde dont je ne saisissais pas la nature. Elle me dévisageait ostensiblement, en prenant son temps. Elle me détailla des pieds à la tête, elle enfermait mon regard, cherchant à démêler mes pensées.

— Comment vous appelez-vous, mademoiselle ?

C'était bien parce que c'était la fille de Maddie que je déployais force politesse. Une autre n'aurait pas franchi ma porte.

— Lisa, monsieur.

— Très bien, Lisa. Appelle-moi Joshua et plus monsieur. Que puis-je pour toi ?

Je n'aurais pas dû créer cette proximité avec elle. Elle avait une idée derrière la tête.

Faiblesse, quand tu nous tiens.

Elle se mit à arpenter le séjour, frôla le piano, sans jamais le toucher, elle prenait garde à ne jamais marcher sur les partitions éparpillées. Elle finit par se saisir d'un feuillet. Au regard qu'elle porta dessus, je compris qu'elle ne savait pas lire la musique. Maddie ne lui avait-elle pas appris le piano ? Inimaginable qu'elle n'ait pas partagé sa passion avec sa fille. Elle n'avait aucune raison de s'en priver, contrairement à moi. Malgré son incompétence manifeste en matière de déchiffrage, elle paraissait attendrie par ce qu'elle découvrait. Elle s'approcha doucement de moi et me le tendit, sans me quitter des yeux.

— C'est vous qui l'avez écrit ?

— Effectivement. Je compose en ce moment.

— Pour qui ?

Elle n'avait pas dit pour quoi. Elle avait demandé pour qui. Le sens était tout autre. Je rivai mon regard au sien, convaincu au plus profond de moi que je n'avais aucun intérêt à louvoyer avec elle.

— Pour la femme que j'aime.

Un sourire presque imperceptible se dessina sur son visage si semblable à celui de Maddie, à la différence que Lisa, puisqu'elle s'appelait ainsi, était ancrée dans le réel.

— Ma mère m'a parlé de vous.

Elle savait. Intéressant. La fille de Madeleine était donc joueuse et voulait savoir à qui elle avait affaire. Elle me testait.

— Et ?

Ses yeux se remplirent subitement de larmes.

— Quand elle entend de la musique…

Sa voix qui se brisait me tétanisa. Un pressentiment atroce m'envahit.

— Elle a un truc, reprit-elle après avoir reniflé. Elle balaie de sa main…

Les airs. Sa main vole, tournoie, danse.

— Pourquoi le fait-elle ? Je me suis toujours posé la question. Je viens d'apprendre que vous devez le savoir, vous. Dites-moi. Je veux savoir.

Impossible de me dérober à cette question qui lui semblait vitale. C'était la fille de Maddie, et à elle non plus je ne pouvais rien refuser. Peu importe qu'un autre homme soit à l'origine de sa naissance.

— Elle souhaite faire entrer la musique en elle.

Elle me sourit, tristement.

— Merci, Joshua.

Elle passa une main lasse dans ses longs cheveux, m'envoya un regard dévasté de chagrin. Puis elle s'avança vers moi, elle hésita à poser une main sur mon bras, renonça et prit la direction de la sortie sans rien ajouter. Me laissant accablé de questions et d'inquiétude.

Maddie n'allait pas bien, je le sentais au plus profond de moi. Quelque chose de grave était en train de se produire.

– 24 –

À l'ouest de la plage

— Maman, réveille-toi… Maman ?

La voix de Lisa était si lointaine ; je tentai de me recroqueviller sur moi-même pour lutter contre le froid dont il m'était désormais impossible de me défaire. Ma fille remonta le plaid sur moi.

— Réveille-toi… Il t'attend… Joshua t'attend.

Avec difficulté, je parvins à ouvrir les yeux et rencontrai son regard tristement serein. Elle caressa ma joue ; le souffle court, je m'accrochai à sa main.

— Je reviens de chez lui, j'avais besoin de le voir et de savoir si je pouvais lui faire confiance… Il compose pour toi, m'annonça-t-elle en souriant.

L'émotion me submergea. Le courage de ma fille d'être allée sonner chez cet homme que sa mère aimait plus que tout, mais qui n'était pas son père. La mort permet tous les pardons, la mort aide à accepter ce contre quoi on se serait rebellé en temps ordinaire. Si je lui avais parlé de Joshua plus tôt, avant l'annonce programmée de ma disparition, Lisa aurait peut-être crié, hurlé, et je l'aurais comprise. Je ne lui en aurais pas voulu. Parce que je mourais, elle ne pensait plus en tant que fille qui ne considérait pas que sa mère puisse avoir une vie amoureuse. Elle avait effectivement mûri. Elle pensait en tant que femme… Et son seul souhait était d'adoucir ma fin…

Et puis, elle m'apprenait le beau, le merveilleux, l'inimaginable. Elle n'avait aucune idée du cadeau qu'elle venait de m'offrir. Joshua composait. Il composait encore pour moi. Il m'avait conservée dans son cœur, dans son âme durant toutes ces années, malgré ce que je lui avais fait. Je n'avais pas besoin – même si l'envie me tenaillait – de le voir concentré, habité par la musique. J'aimais tant quand il était dans ces périodes de frénésie créatrice, je pouvais rester des heures à l'admirer quand il s'acharnait sur son clavier, sur ses portées. Et quand il s'estimait un tant soit peu satisfait, d'un regard, il m'invitait à m'installer au piano, et à jouer. Jouer du lui, pour nous.

Lisa essuya les larmes qui coulaient.

— N'attends plus, je t'en prie.

Elle me suppliait. Elle avait raison. Mon état se dégradait d'heure en heure.

— Appelle papa et tes tantes, je ne veux pas que tu restes seule trop longtemps, et ce serait bien qu'ils ne tardent pas.

Lisa m'aida à me changer, elle voulut brosser mes cheveux – je n'en avais pas la force – et me maquiller légèrement, alors que je fuyais mon reflet dans le miroir.

— Maman, tu seras toujours la plus belle pour lui, je l'ai vu dans ses yeux, me rassura-t-elle. J'ai envie de le faire pour toi. Je veux que tu te sentes bien.

Ses efforts ne seraient pas récompensés ; aucun artifice ne couvrirait le masque que mon visage avait pris et ne quitterait plus maintenant. Mais je la laissai prendre encore soin de moi, savourant ses doigts délicats sur ma peau, dans mes cheveux, l'effluve de parfum qu'elle vaporisa dans mon cou.

— J'aimerais passer par la plage. Donne-moi ce que tes tantes ont préparé en cas de coup dur, je vais en avoir besoin pour tenir.

Elle s'exécuta, sans lutter.

Quand je me sentis suffisamment solide, je traversai la maison, mémorisant chaque détail de la cabane de Sophie que je ne pensais jamais revoir. J'étais heureuse d'être venue ici une dernière fois. Chaque bouffée de joie, chaque bouffée de souvenirs m'avait apaisée, et me permettait de franchir le dernier pas.

Je tendis la main vers Lisa.

— Tu m'accompagnes sur un bout de chemin ? Nous n'avons toujours pas marché sur la plage toutes les deux.

Elle se précipita vers moi et se blottit dans mes bras. Elle lâcha prise, cédant au chagrin, et pleura de longues minutes en murmurant des « Maman, je t'aime, maman ». Je lui chuchotai mon amour infini, ma gratitude de me laisser partir vers lui, et lui demandai encore et encore pardon.

Il faisait beau, toujours ce soleil d'hiver qui se reflétait sur la mer. J'avais de la chance, il m'accompagnait au rendez-vous de ma vie. Nous descendîmes l'escalier marche par marche, à la mesure du peu d'énergie qu'il me restait, son bras me tenant fermement. Je me nourrissais de sa force et me rassasiais de sa chaleur.

Enfin, nous atteignîmes le sable.

Je souris.

Cette plage était la plus belle qu'il m'ait été donné de traverser. Pourtant, avec Vasco, j'en avais admiré, toutes plus sublimes les unes que les autres. Jamais à la hauteur de celle-ci. La mer était violente, vivante ; le bleu profond affrontait l'émeraude lumineux et délicat. L'enfer et le paradis se mariaient dans l'eau. Et puis, la descente profonde. Petite fille, et plus tard, même avec Joshua – à qui je déclenchais des frayeurs –, je m'amusais toujours à me laisser surprendre par le fond immédiat, soudain. On se sent en sécurité, les pieds dans le sable, de l'eau jusqu'à la taille. Le pas de trop. Être submergée. S'enfoncer dans la mer, ne plus voir qu'elle. Couper sa respiration. Ouvrir les yeux. Profiter des sons sourds. Se laisser bercer. Emporter. Par une vague à peine plus forte.

J'aimerais que ma vie s'arrête de cette manière.

Nous marchions lentement. Le temps me manquait, et pourtant je ne courais pas après. Chaque seconde était précieuse. Le regard de Lisa accroché à moi, et le mien accroché à la maison de Joshua. Je n'étais pas assez courageuse pour affronter le chagrin de ma fille. Je crois que si je me l'étais autorisé, je me serais effondrée là, à l'instant. Aussi dirigeai-je mon attention vers l'est. Sa maison suspendue au-dessus de la plage… Elle dominait l'anse, la mer, les éléments. Cette maison où notre histoire s'était achevée, sans réelle rupture. Cette maison dont les derniers souvenirs étaient affreux. Et pourtant, nous y avions aussi été très heureux, et si amoureux. Des images de lui sur la terrasse m'assaillirent. Il surplombait le monde, il le survolait, et je le survolais avec lui. Il m'emprisonnait au creux de son corps et nous fixions le large, des notes plein la tête, loin du reste. De ce qui nous blessait.

— Maman, Nathan vient vers nous.

Je sortis de mes songes et souris à ma fille.

— Attendons-le.

Elle parut surprise, mais ne chercha pas à me contredire. Elle me soutint plus fermement pour que je ne chancelle pas. Je tournai le visage vers le fils de Joshua, qui arrivait vers nous en courant.

— Lisa, dit-il doucement avant de s'adresser à moi. Bonjour, madame, je ne sais pas si vous vous souvenez de moi, je suis…

Ce jeune homme était radieux, il dégageait un sentiment de sécurité. Et il possédait une douceur expressive que son père avait toujours été incapable de laisser parler.

— Bonjour, Nathan… Appelle-moi Madeleine.

Il recula en me dévisageant, puis il leva les yeux au ciel, amusé et ému.

— Madeleine… C'est vous… Comment n'ai-je pas compris plus tôt ! Je suis un triple idiot ! Vous êtes la Maddie de papa ! Les rares fois où il dort, il parle de vous dans son sommeil.

Si j'avais pu, j'aurais rougi.

— Je vais le voir, justement.

Son visage s'éclaira davantage, si tant est que ce soit possible ; Nathan était visiblement fou de joie. Par ricochet, lui aussi, je le ferais souffrir. Mais peut-être pourrait-il mieux comprendre son père à l'avenir, un avenir dont je ne ferais pas partie.

— Vous passez par la plage ?

— La marée est encore suffisamment basse pour que j'emprunte l'escalier, et je suis toujours passée par là.

— Attends, maman, m'interrompit Lisa, affolée, je n'avais pas réalisé, mais tu ne peux pas grimper par là, c'est trop risqué.

— Je peux vous aider, se proposa gentiment Nathan.

J'embrassai ma fille et me détachai de son étreinte. Trop surprise par mon geste pour réagir, elle ne lutta pas.

— Je vous remercie, tous les deux, mais je dois finir le chemin toute seule.

— Non ! se révolta ma fille.

— Je vais y arriver. Il me reste suffisamment de forces, et n'oublie pas ce que je viens d'avaler.

— Je ne comprends pas, nous interrompit Nathan, perdu et clairement inquiet. Que se passe-t-il ?

— J'ai une faveur à te demander, le coupai-je à mon tour. Peux-tu rester avec Lisa, s'il te plaît ? Je ne veux pas qu'elle soit seule et elle t'expliquera… Tu as le droit de savoir, toi aussi. Nous ne nous connaissons pas, je le regrette, crois-moi, mais j'espère que tu pourras me pardonner.

— De quoi parlez-vous ?

— Maman ? m'appela Lisa d'une voix déchirante.

— Ce n'est pas la dernière fois, je te le promets.

J'espérais de tout mon cœur ne pas lui mentir. Cette promesse, je devais la tenir. C'était impératif. Puis je m'adressai à Nathan :

— Je peux compter sur toi ?

Un simple regard franc pour réponse. J'embrassai ma fille encore une fois et leur tournai le dos sans me retourner, malgré ses sanglots étouffés.

J'étais aux rochers. La mer les léchait déjà. La fin de la traversée de la plage avait été plus longue que dans mes souvenirs. Pour cause, avant je la parcourais en courant, en volant vers lui. Je pris quelques secondes, m'exhortant à tenir bon. Je faisais confiance à la préparation de mes sœurs, elles m'avaient promis que cela m'aiderait à tenir, à gratter du temps sur la fin, s'il me fallait attendre. J'inspirai profondément cet air iodé qui m'avait tant manqué. Dans lequel j'aimais tant me perdre. Il devait m'insuffler de la vie pour la dernière étape. Je gravis la première marche, puis la deuxième. Je restai concentrée durant toute l'ascension, luttant contre les douleurs et mes jambes fébriles, m'arrêtant régulièrement pour reprendre ma respiration, pour m'offrir la conscience de ce que je m'apprêtais à vivre.

Avant d'atteindre la terrasse, je m'accordai encore un peu de repos et jetai un coup d'œil à la plage. Ma détermination flancha un bref instant lorsque je vis Lisa effondrée dans les bras de Nathan, ils m'observaient, ils me protégeaient de loin. Instinctivement, je sentais que le fils de Joshua était un garçon bien, qui pouvait prendre soin d'elle en attendant que son père et ses tantes n'arrivent, et peut-être davantage encore. Je sus ma fille en sécurité.

La baie vitrée était entrouverte, comme une invitation à entrer se réchauffer. Il m'attendait. Depuis quand ? Pourquoi nous avais-je infligé une telle douleur ? Comment avais-je survécu sans lui ? Son absence avait peut-être fini par me rendre malade… Mon corps s'était-il fatigué à lutter contre les souvenirs, contre le manque de celui qui m'avait fait vivre intensément ? Je franchis le seuil et refermai derrière moi. J'embrassai Lisa en pensée, elle m'avait vue pénétrer dans la maison, disparaître de sa vue. Une barrière venait de nous séparer.

J'étais seule face à lui, face à celle que j'avais été, et qui me tendait à nouveau la main. Je pris appui contre la fenêtre pour rester debout sans m'écrouler au sol. Et pour vivre pleinement la scène qui s'offrait à moi.

Joshua était à son piano. Le visage habité et serein. Le corps arc-bouté. D'où j'étais, je distinguais les cernes noirs autour de ses yeux. Il sursollicitait toujours ses mains lorsqu'il jouait. Et quand il était énervé, torturé, encore plus que d'habitude. Il tendait plus que nécessaire ses phalanges, il me disait qu'il avait besoin d'avoir mal pour s'assurer d'être vivant. Parfois, quand il s'arrêtait de jouer, il ne pouvait plus bouger ses mains tétanisées de douleur, la crispation qu'il leur imposait avait raison d'elles. Il n'en était pas loin, à cet instant. Ses jointures étaient presque blanches.

Le morceau qu'il interprétait me bouleversait. Joshua incarnait ce qu'il jouait. Sa manière de vivre la musique était toujours aussi fascinante. Elle et lui cherchaient perpétuellement à se dominer, mais toujours dans un respect infini. Comme si les notes l'hypnotisaient et que lui avait le pouvoir de les dompter pour les transcender. La justesse impressionnante qui émanait de cette partition me frappait de plein fouet. Elle était palpable. Quel était ce thème d'une profondeur peu commune – indicible même –, et qui trouvait un tel écho dans mon corps ? Celui-ci se contractait, se déchirait. Joshua l'avait écrit, je reconnaissais sa langue musicale. J'eus envie de hurler de chagrin.

Ses mains se suspendirent dans les airs. Il tenta de les faire craquer, ce qui le fit grimacer.

Le silence nous recouvrait.

— Joshua…

— C'est à toi… C'est pour toi.

Il se leva avec une lenteur infinie, comme s'il voulait prolonger l'instant. Nos regards se retrouvèrent. Je ne m'étais jamais sentie aussi bien qu'enveloppée par ses yeux. Nous étions seuls au monde. Plus rien d'autre n'existait à part *Nous*. Mon corps, mon âme étaient appelés par lui. Les mots étaient inutiles, comme depuis la première seconde. Mue par un élan plus fort que ma déchéance, je franchis la distance qui nous séparait et m'écrasai dans ses bras, qu'il referma. Son parfum. Sa chaleur. Son corps qui vibre contre le mien. Cette sensation de n'être qu'un. La violence. Cette violence entre nous, que j'aimais plus que ma propre vie.

— J'écris pour toi, pour nous. Je n'avais plus composé depuis ton départ. Nous allons rejouer tous les deux, ensemble.

Les larmes coulaient sans que je puisse lutter contre. Comment lui dire ? Comment briser son rêve ? Notre rêve.

— C'est trop tard…

Je levai mon visage vers lui ; le bleu froid de ses iris m'apaisa et me tortura. Il refusait de saisir le sens de mes mots, il ne voulait pas voir l'inéluctable. Pourtant, l'inquiétude était palpable en lui.

— Regarde-moi, Joshua, regarde-moi, et tu sauras… Ne me force pas à te le dire.

Après de longues secondes de résistance, ses yeux s'arrachèrent aux miens, ils parcoururent attentivement mon visage, sa respiration s'accéléra, ses mains explorèrent mon corps amaigri, il ne pouvait que sentir à quel point j'étais décharnée. Il se mit à trembler, ses traits se crispèrent.

— Pardon, murmurai-je.

Il me serra comme pour me garder près de lui, pour m'enfouir en lui, que je ne m'échappe pas, mais je ne voulais plus le quitter. Plus le quitter jusqu'à mon dernier souffle. Je m'accrochai à lui, alors que ses mains cherchaient à entourer mon visage. Je connaissais ses gestes. Il appuya son front contre le mien. Nous restâmes un temps infini, nos souffles emmêlés. Ses mains sur mes joues, mes seins écrasés contre son torse.

— Tu es revenue… Tu es ici… Te revoir, t'entendre jouer, te sentir contre moi, même pour peu de temps… Je ne vis que pour cet instant depuis que tu es partie.

— Si je dois remercier ma mort, c'est qu'elle nous aura réunis. Sans elle, je ne serais jamais revenue ici.

Son visage se ferma en m'entendant évoquer si crûment mon absence d'avenir. Je caressai ses joues pour l'apaiser.

— Malgré les bonheurs que j'ai pu avoir dans ma vie, je ne me suis jamais remise de toi, Joshua. Je ne voulais pas revivre ce chagrin de t'avoir quitté en revenant ici.

Il respira vite, fort, paniqué.

— M'as-tu pardonné ?

— Il n'y a jamais rien eu à pardonner, Joshua. J'ai juste eu peur. Peur de ce que notre amour pouvait engendrer.

Notre amour avait tué sa mère. J'avais été incapable d'en assumer les conséquences. La culpabilité me rongeait. Par ma faute, et les sentiments que Joshua me portait, il été allé jusqu'à pousser sa mère vers la mort. J'étais éreintée après ces sept années de passion, de déchirement des séparations, de la peur permanente des cris et du geste de trop entre eux, de l'intensité que nous éprouvions l'un pour l'autre. Quand, après l'enterrement, même si j'avais conscience qu'il était en état de choc, il m'avait dit d'un ton radical et dénué de remords que désormais plus personne ne nous poserait de problème, j'avais éprouvé pour la première fois le besoin de m'éloigner de lui. Les jours suivants, j'étais devenue inaccessible, je ne jouais plus, j'étais incapable de répondre à ses questions alors qu'il était désespérément inquiet pour moi. Je voulais réfléchir au calme, vivre dans la banalité, laisser la raison prendre le pas sur moi, ne serait-ce que quelque temps. Je finis par lui annoncer que je partais quelques jours chez mes parents.

Je ne revins jamais.

Et je plongeai dans un abîme de manque.

Avec le recul, je comprenais que je l'avais abandonné au pire moment de sa vie, mais j'étais trop marquée par ce qui venait de se passer pour prendre de la distance avec ses propos. Et il était trop tard pour revenir en arrière.

— Et toi, me pardonnes-tu de t'avoir laissé ?

— Je ne t'en ai jamais voulu… Tout est ma faute, ma mère, sa mort, ma réaction extrême… J'ai échoué à te protéger… Comment n'as-tu pas eu peur de moi plus tôt ? C'est pour cette raison que je n'ai pas cherché à te retrouver, à te ramener à moi… Je méritais cette condamnation et tu méritais le meilleur, le plus doux. Tu m'avais abandonné pour survivre, et j'en suis l'unique responsable.

J'ouvris la bouche, prête à l'interrompre, il posa sa main sur mes lèvres.

— Tant que tu n'étais pas prête à me pardonner, je devais survivre sans toi. C'était ma peine. Durant tout ce temps, j'ai rêvé jour et nuit que tu me reviennes, mais uniquement lorsque tu estimerais que j'avais assez expié… Et tu es là…

— Pour si peu de temps…

Il pencha le visage vers moi.

— Je t'aime, Maddie…

Il m'embrassa avec une rage délicate, il prenait garde à ne pas me faire mal, à ne pas me bousculer. Sa bouche contre la mienne, sa langue dansant avec la mienne. J'aurais pu me croire au paradis. Je n'y étais pas. La colère après mon corps, bientôt sans vie, qui me retenait de lui répondre à la hauteur de l'amour que j'avais toujours éprouvé pour lui, m'anéantit.

— Je te donnerai mon souffle tant que je pourrai, murmura-t-il contre mes lèvres. Et la mort ne nous séparera pas… Souviens-toi de ma promesse.

Je me sentis mal, sans avoir reçu de signes avant-coureurs, je m'effondrai comme une poupée de chiffon contre lui, il me retint fermement et me souleva.

Pas déjà, pas maintenant. Encore un peu de temps, par pitié.

Il s'assit sur le canapé, en me gardant contre lui. Il me berça, les yeux rivés aux miens, qui avaient les plus grandes difficultés à rester ouverts. Il me souriait.

— Joshua… non…

— Repose-toi…

– 25 –

Joshua

Je la tenais contre moi, comme un désespéré. Comme le fou que j'étais. Les larmes dévalaient le long de mes joues. Je n'avais pleuré que deux fois dans ma vie, jusque-là.

À la mort de mon père.

Et après avoir attendu sur le quai d'une gare durant vingt-quatre heures.

Maddie avait pourtant acheté son billet de retour sous mes yeux. J'étais avec elle. Comme toujours. L'enfer n'était rien comparé aux deux semaines où elle avait été absente – et à toutes les années qui suivraient et dont je n'avais pas idée –, j'étais terrifié à l'idée d'avoir franchi devant elle la limite dans la haine de ma mère.

Je m'étais rendu à la gare, au rendez-vous que nous nous étions fixé.

Comme toujours, j'étais arrivé en avance pour elle. Cela faisait partie du rituel de nos retrouvailles.

J'aimais cette vieille gare. Une gare de fin de course. On ne pouvait pas aller plus loin. Les gouttes de pluie qui s'écrasèrent sur moi me contrarièrent, je voulais du soleil pour l'accueillir.

L'attente débuta. J'étais sur le quai, à ma place habituelle. Elle descendait toujours du deuxième wagon, celui en face de la sortie. Nous nous échappions le plus vite possible, en nous tenant la main, en nous touchant à nouveau après une toujours trop longue séparation. La toucher. La caresser. Être en elle, me perdre et trouver qui j'étais dans son corps qui n'avait connu que moi. Le désir monta, ma respiration se fit plus courte ; dans l'air flottant autour de moi, je sentais son parfum, j'embrassais sa peau par la pensée, j'entendais ses soupirs. J'avais envie d'elle à en crever.

Un sifflement me fit tressaillir. Elle approchait. Nous serions bientôt réunis. Le train entra en gare et s'immobilisa. Les portes s'ouvrirent. Je souris. C'était bon. C'était si bon d'être heureux. Je la cherchai au milieu des passagers. Pourquoi ne la voyais-je pas ? Elle était invisible. Introuvable. Je luttai contre une angoisse sourde. Avait-elle changé nos habitudes pour prendre un nouveau départ, maintenant que nous étions enfin libérés de ma mère ? Je voulais y croire. Je devais y croire. Je courus jusqu'au premier wagon. Personne. Je remontai jusqu'au bout du train, traquant son visage au milieu des autres. Elle n'était pas là. J'arpentai le quai de longues minutes. Et puis, il n'y eut plus personne, à part moi. Elle avait raté son train et n'avait pas réussi à me prévenir. Elle devait s'inquiéter pour moi. Mais je tiendrais bon, je ne rentrerais pas dans une de mes colères. Ma mère ne gagnerait pas. Je m'en fis la promesse. Alors, j'attendis sans bouger et sous la pluie. L'eau ruisselait sur moi. Je me noyais.

Trois trains arrivèrent sans qu'elle apparaisse. Jusqu'au dernier, j'espérai la voir arriver en courant, se jeter dans mes bras, se désolant du temps perdu pour nous deux. Elle ne vint pas. J'attendis telle une statue jusqu'au lendemain, m'agrippant à l'espoir ridicule que j'étais venu un jour trop tôt, peut-être perdais-je véritablement la tête après tout. Mais elle ne vint pas. Résigné, je quittai la gare, regagnai la maison, et m'y enfermai.

La sentence était tombée. Je l'avais perdue. Par ma faute. J'attendrais donc son retour jusqu'à ce qu'elle me pardonne.

Et elle avait eu cette générosité.

Où étaient ces dieux dont on nous vantait les miracles ? Qui étaient ces salopards qui me la ramenaient en la privant de sa vie ? Qui osaient lui infliger tant de souffrances ? Mes yeux ne pouvaient se détacher d'elle. Je caressai son visage, ses mains, mes doigts effleurant sa bouche pour sentir encore son souffle. Elle était si belle, même avec la mort qui prenait possession de son corps, qui endormait et me volait son âme. Pourquoi ne prenait-on pas la mienne ? C'était à moi de payer. Pas à elle. Avec qui devais-je parlementer pour échanger ma vie contre la sienne ? Qu'ils viennent, et je me prosternerais à leurs pieds pour m'offrir en sacrifice en échange de sa vie. Elle méritait de voir vieillir sa fille, contrairement à moi qui détruisais tout. Mon fils vivrait mieux débarrassé de moi. Il aurait dû avoir un autre père. Pourquoi était-il né de moi, et non d'un homme bon et sain d'esprit ?

— Papa ?

— Maman ?

— Lisa, ne bouge pas, je vais voir…

Qui parlait ? Qui troublait son repos ?

— Papa ? Papa ? Tu m'entends ?

Une lumière m'aveugla. Je tournai le visage et protégeai celui de Maddie de ma main. Nathan apparut devant moi, il voulut s'approcher d'elle. Je la retins contre moi. Il toucha mon bras doucement, comme s'il craignait une réaction violente de ma part.

— Papa, on s'est inquiétés, quand on a vu que la maison restait plongée dans l'obscurité. Il fait nuit. On a cru que…

— Comment va-t-elle ? demanda une voix détruite.

Une voix que j'avais déjà entendue. Malgré moi, je revins à la réalité, à laquelle je désirais pourtant échapper. Rien ne devait briser notre dernier tête-à-tête avant notre grand saut. Le chagrin qui transpirait de cette présence toute proche m'arracha pourtant à Maddie. Je rencontrai le regard terrifié de sa fille.

— Elle dort, Lisa, elle dort, la rassurai-je d'une voix étonnamment calme et douce.

Elle se précipita et s'agenouilla devant nous. À travers ses larmes, elle sourit, caressa les cheveux de sa mère, puis me fixa.

— Elle est si sereine, si apaisée… Merci, Joshua. A-t-elle joué du piano avec vous ?

Je secouai la tête.

— Quand elle se réveillera, elle doit rejouer du piano une dernière fois… Forcez-la… Il le faut pour elle, pour vous… Elle n'a plus jamais touché un piano depuis qu'elle vous a quitté.

Mon regard affolé se braqua sur Maddie, endormie. Pourquoi s'était-elle punie ? Qu'avais-je fait ?

— Elle jouera, je te le promets, Lisa.

— Merci… On va vous laisser tous les deux, maintenant. Et dites-lui que papa, Suzanne et Anita sont en route.

Ce fut plus fort que moi, je serrai Maddie contre moi. Je ne voulais pas qu'ils me la prennent.

— Ils savent qu'elle est avec vous. Personne ne vous séparera. Ils veulent juste lui dire au revoir, comme moi.

J'acquiesçai. Je desserrai mon étreinte pour elle. Elle se pencha vers sa mère et l'embrassa tendrement.

— À demain, maman, murmura-t-elle.

Elle déposa un baiser délicat et bouleversant sur ma joue. Puis elle se releva et prit la direction de la sortie sans se retourner. Je suivis le regard de mon fils arrimé à elle. Quand elle disparut, il me fixa, tourmenté. Le choc de reconnaître mon air torturé dans ses traits me coupa la respiration.

— Papa ?

J'agrippai férocement son bras.

— Promets-moi de faire toujours attention à elle, de la protéger quoi qu'il t'en coûte, de ne jamais te laisser envahir par tes démons, dont je fais partie. Lisa est aussi précieuse que sa mère, tu m'entends ?

Il me fuit du regard.

— Nathan !

Il m'affronta à nouveau. Il posa sa main sur ma nuque et appuya son front contre le mien, les yeux fermés avec force. Ce geste entre nous. Cette unique marque de tendresse que j'étais capable de lui offrir. C'était mon fils qui me l'offrait.

— Ne me laisse pas. Je t'aime, papa.

Il rejoignit Lisa en courant.

Je fixai le piano, bercé par la respiration calme de Maddie. Comment avait-elle pu survivre sans lui ? Pourquoi avait-elle pris cette décision radicale de le quitter lui aussi ? Avec ma douleur permanente, le piano était mon plus fidèle compagnon. Elle nous avait exclus l'un et l'autre de sa vie. Nous étions devenus trop liés pour qu'elle supporte l'un sans penser à l'autre.

— Joshua…

Sa main sur ma joue m'attira à elle. Elle me souriait. La grâce qui la touchait et l'entraînait loin de moi m'obligeait à me reprendre. Peu importe mon geste lorsque son cœur cessera de battre, je ne lui imposerai ni mes colères ni mes douleurs. Vingt ans que je restais en vie pour elle, l'attendant dans le désespoir, je n'allais pas salir les heures qui nous restaient en m'apitoyant sur mon sort. Pour ce qu'il valait.

Je lui souris, comme je n'avais plus souri depuis elle. Son regard trouble s'illumina de vie.

— Tu m'emmènes au piano ?

Je la portai, occultant sa légèreté mortifère, ne profitant que de la sensation de l'avoir contre moi, de sentir sa chaleur, encore vive et présente. Elle enroula ses bras autour de mon cou. Je n'avais rien connu de plus doux qu'elle. Quand elle remarqua que nous nous approchions, elle se mit à trembler.

J'inspirai profondément. J'avais un impératif ; redevenir le Joshua qu'elle avait connu. Je haussai un sourcil moqueur.

— Tu n'as jamais eu peur de jouer devant moi.

Elle rit et enfouit son nez dans mon cou, y déposa un baiser, me respira profondément et gémit de bien-être.

— À l'époque, c'était le seul endroit où j'avais confiance en moi... C'est si loin...

J'étais moi. Le moi pour elle. Je me réconciliai avec lui. J'en avais le droit, le devoir absolu même. Elle méritait tout, sauf de la pitié et de la compassion. Je l'aurais déçue dans le cas contraire, et c'était la dernière chose que je souhaitais. La décevoir maintenant, alors qu'elle m'était revenue. Qu'elle m'avait pardonné.

— La musique est en toi, fais-la vivre.

Je l'arrachai de mes bras, elle n'avait pas la force de résister, et l'installai sur le banc. Comme par réflexe, elle se retint au clavier fermé. De crainte qu'elle ne perde l'équilibre, je restai derrière elle. Je fixai sa nuque fragile, ses cheveux qui glissaient sur sa peau. Des larmes tombèrent sur le piano. Ses épaules s'agitaient de soubresauts.

— Aide-moi, Joshua.

— Tu n'as jamais eu besoin de moi. Ce n'est pas maintenant que cela va commencer. Joue !

Mon ordre claqua. Elle prit une profonde inspiration. Que cherchait-elle ? Du courage ? De l'énergie ? De l'envie ? Elle se redressa, se cambra. Elle autorisait son corps à se déployer une dernière fois. Elle usait sur lui de l'ultime maîtrise qui lui restait.

— Éloigne-toi ! m'ordonna-t-elle d'une voix claire, nette, dénuée de tremblements.

Victorieux, je lui obéis. Je savais qu'elle savait que je jubilais de sa réaction orgueilleuse. Elle souleva le couvercle, sa tête balaya élégamment de droite à gauche, elle redécouvrait le clavier. Elle le frôlait du bout des doigts avec tant de sensualité. J'avais toujours été envoûté par sa façon bien à elle de caresser les touches. Ses mains virevoltaient à tel point qu'elles donnaient l'impression de ne pas les toucher. Et pourtant, le jeu de Maddie était puissant. Elle jouait de son pouvoir sur moi. Elle était encore là.

— À défaut de m'aider, offre-moi ton regard.

Là encore, j'obéis. Je fis le tour pour me positionner face à elle, comme lorsque nous partagions la scène, piano contre piano. Je me calai dans le creux, comme le creux de ses reins. Ses yeux se rivèrent aux miens. Quand bien même l'aurais-je souhaité, il m'était impossible de m'en détacher. Ils m'emprisonnaient. Elle était là. Elle était véritablement de retour. Elle était vivante. Encore. Et me le prouvait. Sans dire un mot. Juste en étant présente. Fière et sûre d'elle devant moi. Le masque plaqué sur son visage m'était devenu invisible. L'ombre qui planait au-dessus d'elle s'estompait. La mort lui accordait un répit. Et m'offrait l'inestimable.

Sa main droite se leva et dansa dans l'air quelques instants. Elle appelait la musique à elle. À pénétrer chaque fibre de son corps. Un léger, si léger sourire se dessina sur son visage. Puis elle fut rejointe par la gauche.

Le temps s'arrêta, je retins ma respiration, et elle prit possession du clavier.

Elle jouait « Nous ». Ce morceau que j'avais commencé à composer le jour de notre rencontre, je n'avais jamais cessé de le prolonger durant les sept plus belles années de ma vie. Régulièrement, j'y revenais. Je composais notre histoire, en ajoutant des mouvements. Je couchais sur les portées nos élans, notre passion, nos déchirements, notre dépendance l'un à l'autre, nos espoirs, nos rêves secrets, notre avenir rêvé. Parfois, c'était Maddie qui le jouait, parfois c'était moi, et souvent nos quatre mains.

Comment pouvait-elle s'en souvenir avec autant de précision ? Sans fausse note. Sans oublier le moindre soupir. Son inconscient l'avait conservé au plus profond d'elle. Tout comme le mien. Je ne l'avais plus jamais joué depuis qu'elle m'avait quitté. Et tout, tout, chaque accord, chaque arpège était marqué au plus profond de mon être. Elle l'interprétait de mémoire, avec plus de puissance encore qu'avant. Elle y mettait ses peurs, sa rage, sa colère, sa souffrance, ses espoirs, sa mort et son amour. Son amour pour sa fille. Son amour pour moi.

Elle n'avait jamais été aussi belle.

Je ne l'avais jamais autant aimée.

J'aurais voulu que nous mourions à cet instant.

Que ce soit la dernière image de notre vie.

L'admirer transcendée par la musique, et défiant la mort au-delà de toute résistance. Maddie avait toujours douté de sa force. Alors qu'*Elle* était la puissance délicate incarnée.

Ses lèvres s'entrouvrirent. Elle murmura : « Viens. Viens. Maintenant. »

Ces retrouvailles avec le piano étaient les siennes, je n'avais pas à y participer. Je ne voulais rien lui voler, mais tout lui offrir. Son regard se fit impérieux. Incapable de lui résister, totalement soumis à son désir, je m'inclinai et finis par quitter le creux de ses reins pour la rejoindre. Elle sourit largement. D'où lui venait cette force irréelle ? Le dernier sursaut avant la fin ? Existait-il vraiment ? Je m'étais toujours posé la question. Mon père n'en avait pas eu le temps, foudroyé qu'il avait été. Quant à ma mère… je refusais qu'elle souille la beauté de ce que vivait Maddie.

Lorsque je fus enfin à ses côtés, elle se pencha sur le clavier et le domina davantage encore. Ses mains étaient partout, elles volaient, sans s'accorder de répit. Je jouissais de la tension de son corps qui me frôlait, aspiré par la partition.

Mes mains rejoignirent les siennes, et elles se mêlèrent dans un dernier ballet.

– 26 –

Maddie

— Continue, lui soufflai-je.

J'avais donné tout ce que j'avais pu, et même plus encore. L'énergie s'enfuyait. Je ne souhaitais rien gâcher, aussi décidai-je de m'arrêter. Je fixai mes mains, qui s'éloignaient lentement du clavier. Je lui dis au revoir. J'avais eu plus que ce dont j'aurais pu rêver. J'avais joué du piano, j'avais retrouvé mon plus vieil ami aux côtés de Joshua, j'avais renoué avec ces sensations, ces sons qui s'incrustaient au plus profond de mon être, ce toucher, qui m'avaient permis de me connaître et de devenir celle que j'avais été, que j'étais encore. Elle n'avait jamais disparu.

J'abandonnai mon visage sur l'épaule de Joshua et me laissai bercer par sa musique, les yeux fermés. Je me laissai posséder par son interprétation et tout ce qu'il me disait à travers elle. À mesure que les minutes défilaient, il joua de plus en plus doucement, il s'adaptait à la nuit, à la douceur nécessaire entre nous.

Son regard se posa sur moi, je me relevai vers lui. Encore un dernier accord. Puis la dernière note. Suspendue au-dessus de nous. Elle dura, elle dura. Enfin, le silence nous absorba. Son visage se ferma. Je refusais que la douleur monte en lui. Il ne la méritait pas. Il ne l'avait que trop connue. Il s'était trop puni. Je m'approchai et l'embrassai, avec le peu d'avidité dont j'étais capable. Je ne pouvais nous offrir que des baisers, mais je les voulais pour nous. Pour lui. Pour ce qu'ils signifiaient.

— Joshua, je veux ta peau contre la mienne. Je veux qu'elle me réchauffe.

Sans prononcer un mot, il me souleva dans ses bras, je m'accrochai à son cou, pour me blottir le plus étroitement possible contre lui.

C'était là que j'étais en sécurité.

C'était là que je voulais m'endormir.

Son lit nous accueillit. Il nous ôta nos vêtements, en luttant contre le tremblement de ses mains. Je ne le quittais pas des yeux. Je ne rattraperais jamais les regards dont j'aurais dû le caresser, mais je ne voulais manquer aucun de ceux que mes derniers instants de vie m'offraient. Joshua nous recouvrit, nous dissimula. Nous étions protégés, seuls au monde. Il parcourut mon corps fébrilement, mais avec la même passion qu'avant, il me désirait toujours, il voulait que je le sache, que je parte avec cette certitude. Il ne voyait pas une mourante. Il voyait la femme éperdument amoureuse de lui.

Je l'aimais tellement.

Je l'aimais tellement.

Il avait été et serait pour l'éternité l'être qui aurait compté le plus au monde.

Que ma fille me pardonne…

Mais lui… lui…

Il était mon amant, mon amour, mon souffle, ma vie…

Il était moi…

Jusqu'au dernier instant, nous connaîtrions un amour plus grand que tout. Plus grand que nous.

Mon corps ne pouvait plus ressentir de désir. Mon cœur le pouvait encore.

Nous faisions l'amour avec nos yeux, nos peaux l'une contre l'autre, nos mains entrelacées.

— Je t'aime, Joshua…

Ma voix n'était plus que chuchotements.

— Je ne peux pas te quitter, Maddie… Je ne peux pas… Je t'aime. Je t'aime…

Je cédai au pouvoir de mes larmes.

— Je vais partir avec toi.

Je savais de quoi il était capable. Et s'il me restait une once de pouvoir et d'influence sur lui, je devais l'utiliser. Je devais tenir jusqu'à l'instant où j'aurais la certitude qu'il ne se détruirait pas après moi. Sinon, nos retrouvailles et cette nuit n'auraient servi à rien. Ma vie n'aurait servi à rien si je ne pouvais sauver la sienne.

— Je te l'interdis.

— Je ne te laisserai pas me quitter une deuxième fois… C'est inutile…

Je puisai au fond de moi pour écraser mes lèvres salées de larmes contre les siennes, il les accueillit douloureusement.

— Je ne te quitterai pas si tu montres à Lisa ce que nous avons fait. Fais-lui écouter… Emmène-la dans notre musique. Raconte-lui qui est Maddie.

— Je n'y arriverai pas… Pas sans toi…

— Joue pour nous… Joue pour elle… Joue pour ton fils… Joue pour Nathan… Ne l'abandonne pas…

Il me serra plus fort. J'avais ma réponse, il aimait son fils. Tant qu'il me restait des forces, je l'embrassai.

— Vis pour moi, Joshua, et je ne mourrai pas…

Il luttait, il luttait et pourtant il ne détournait pas le regard.

— Je n'attends pas de promesse… Je te fais confiance.

Il enroula son corps agité de sanglots autour du mien.

J'avais froid.

J'avais si froid.

Je n'étais plus dans le lit de Joshua. Où était-il ? Je voulus l'appeler. Impossible de parler. Ma bouche était sèche. J'essayai de bouger. Mes bras, mes jambes pesaient si lourd.

— Maman… on est là.

Une main sur ma joue. Une caresse comme une plume. Ce parfum délicat.

Lisa. Lisa était là. Lisa me tenait contre elle. Ma tête reposait sur ses genoux. Où était Joshua ? Il devait être là. J'avais besoin de lui. Encore. Encore un peu de lui avec ma fille. Les réunir. M'offrir une image d'eux deux avant de partir.

Ma respiration s'emballa.

— Essaye d'ouvrir les yeux.

Ils me résistaient.

Un dernier effort. Il le fallait.

Je devais comprendre. Je devais voir autour de moi.
Des bruits sourds de conversation.
Mes paupières papillonnèrent.
La lumière était trouble.
Il y avait du soleil.
Je compris immédiatement où j'étais. Il me restait encore quelques repères.
J'étais allongée sur le canapé.
Le piano. Le piano était là. Un rayon l'illuminait.
Derrière, deux silhouettes de dos.
Joshua et Vasco.
Vasco était là. Il était venu.
Les deux hommes de ma vie, ensemble.
Vasco se tourna vers moi, je croisai son regard.
Il prit une profonde inspiration. Puis son sourire m'emmena dans la douceur et la joie de la vie que nous avions partagée.
J'ouvris un peu plus grand mes yeux pour qu'il comprenne tous les mots prisonniers à l'intérieur.

— Sœurette…
Ma vue se troubla de longues secondes avant d'apercevoir Suzanne et Anita.
Mes merveilleuses sœurs.
J'essayai de leur parler. Impossible.
Elles m'entourèrent, me bercèrent, je souris contre elles. Elles me lâchèrent délicatement.

Lisa se pencha sur moi, tout en me caressant les cheveux.
— Je t'aime, maman.
Je devais lui répondre.
J'étais encore sa mère.

Un dernier combat pour ma fille.

— Je t'aime, soufflai-je. Vis, Lisa. Et aime…

Elle embrassa longuement mon front, puis releva le visage. J'étais fascinée par sa beauté.

Ma fille était un ange.

— Joshua, l'appela-t-elle d'une voix très douce.

Je le cherchai du regard. Il serrait son fils dans ses bras. Quand ils se détachèrent l'un de l'autre, Nathan me fixa tendrement.

Joshua prit la place de ma fille.

Et je retrouvai ses bras.

Je ne voyais plus que lui et ses yeux qui m'aimaient.

J'étais en paix.

Maddie était là, en moi.

Elle avait rejoint Madeleine. Où était-ce plutôt Madeleine qui avait rejoint Maddie ? Peu importe.

Elles s'étaient réconciliées.

Elles n'étaient plus qu'une.

Elles n'avaient plus à lutter l'une contre l'autre.

La mort m'offrait l'entièreté de ma vie.

Qu'aurais-je voulu voir à la dernière seconde, si j'avais eu le choix ?

Je m'étais tant de fois posé cette question.

Je n'aurais pas osé rêver une telle perfection.

Être entourée des personnes qui avaient nourri ma vie, que j'avais aimées plus que tout.

Être dans les bras de Joshua.

Être encore aimée par lui.

Entendre sa musique.

— Joue pour nous.

– 27 –

Joshua

Vingt-cinq ans que tu m'as demandé de jouer pour nous.

Vingt-cinq ans que j'attends cet instant.

J'y suis, enfin.

Maddie, j'ai tenu vingt-cinq ans. Sans toi.

Tu m'as offert ta confiance, sachant pertinemment que je l'honorerais, que je serais incapable de bafouer ta mémoire.

Alors…

J'ai joué pour nous.

J'ai vieilli pour toi.

J'ai raconté à ta fille qui tu étais, qui nous avions été.

J'ai accepté ta condamnation à rester en vie pour toi, pour Nathan et pour Lisa.

J'ai protégé mon fils de ma folie de toi.

Et je ne le regrette pas.

J'ai réussi à étouffer ma déchirure à vivre sans toi.

J'ai réussi à lui sourire.

À leur sourire.
À souhaiter qu'ils soient heureux.
Et ils le sont, je crois.

Pardonne-moi, Maddie, mais je ne pourrai pas jouer jusqu'à mon dernier souffle.

Les forces me manquent. Je n'en ai même plus pour leur dire à eux aussi que je les aime. Que sans eux, j'aurais sauté.

Je te rejoindrai tout de même avec des notes, et « Nous ».

Ce n'est ni Nathan ni Lisa qui jouent, comme tu t'en doutes.

C'est notre petit-fils.
Maddie, nous avons un petit-fils.
Il est une alchimie de ta vie, de la mienne, de la nôtre ensemble.

Un jour, il s'est imposé.
Il a grimpé sur le tabouret à côté du grand-père que je suis et dont il n'a jamais eu peur. Et pourtant, j'ai essayé de le tenir à l'écart. Je voulais le préserver de qui j'étais. J'étais effrayé à l'idée de l'aimer.
Je refusais de lui faire du mal.
J'ai continué à avoir peur de moi, Maddie.
Ne m'en veux pas…
Il m'a regardé avec ses grands yeux – les tiens, ou plutôt ceux de sa mère – et il m'a dit : « Tu m'apprends ? »
À cet instant, je te le promets, je n'ai pas pensé à mes parents ni au mal qu'ils nous ont fait.

J'ai pensé à toi.
J'ai pensé à moi.
Et je me suis senti en paix.
Tu étais là, à côté, si près que je sentais ton parfum, j'entendais ton murmure.
Ta présence n'a jamais été aussi forte.
Je lui ai appris le piano, sans crainte.
Depuis, il joue, il joue. Avec un tel plaisir. À toute heure du jour et de la nuit. Il rend fous ses parents et heureux son grand-père.
J'espère que tu le vois.

Il m'accompagne pour te rejoindre.
Il joue pour nous deux. Il sait tout de toi.
J'ai demandé à Nathan de lui offrir de notre part mon piano et toutes nos partitions. J'ai pensé que tu serais d'accord.

Nathan me fixe. Il lutte contre son chagrin pour préserver son fils.
Grâce à toi, je n'ai pas abandonné le mien.
Je suis heureux de l'avoir vu devenir un homme, devenir père.
Je suis si fier de celui qu'il est.
Il est fort. Il est doux.
Il est digne de confiance pour Lisa.
Il essuie discrètement une larme sur sa joue et me murmure :
« Tu peux t'en aller, maintenant… Au revoir, papa. »

Le visage de Lisa apparaît au-dessus de moi.
Elle me sourit avec douceur et chuchote à mon oreille :

« Embrasse maman pour moi, Joshua, et dis-lui que je l'aime. »

Ce n'est plus son visage que je vois.
C'est le tien.

Playlist

« Gnossiennes : No. 1. Lent », Erik Satie, Marcel Worms, *Satie : Works for Piano.*

« Wena », Bongeziwe Mabandla, *Mangaliso.*

« Ailanthus », Julia Kent, *Green and Grey.*

« Stonemilker », Björk, *Vulnicura.*

« Unravel », Björk, *Homogenic.*

« Gnossiennes : No. 1. Lent », Erik Satie, Marcel Worms, *Satie : Works for Piano.*

« If You Call », Angie McMahon, Leif Vollebekk, *If You Call.*

« Gymnopédie No. 1 », Erik Satie, Philippe Entremont, *Erik Satie and Friends.*

« Cellophane », FKA twigs, *Magdalene.*

« Chemicals », Mud Flow, *A Life on Standby.*

« Laura », Bat For Lashes, *The Haunted Man.*

« Gymnopédie No. 1 », Erik Satie, Philippe Entremont, *Erik Satie and Friends.*

« Cellophane », FKA twigs, *Magdalene.*

« Eat For Free », Haley Bonar, *Last War.*

« Softly », Winter Aid, *The Murmur of the Land.*

« Invitation for the Voyage », Julia Kent, *Asperities.*

« The Winter », Balmorhea, *Rivers Arms.*

« Tourbillon », Julia Kent, *Character.*

« Flight from the City », Jóhann Jóhannsson, Yuki Numata Resnick, Tarn Tarvers, Ben Russell, Clarice Jensen, *Orphée.*

« Ruth and Sylvie », Daniel Hart, *Ain't Them Bodies Saints* (bande originale du film).

« Souvenir », Julien Baker, Phoebe Bridgers, Lucy Dacus, *Boygenius.*

« Lion Theme », Dustin O'Halloran, Hauschka, *Lion* (bande originale du film).

« Closing Ascension », Dominik Scherrer, *The Missing* (bande originale du film).

« We Move Lightly », Dustin O'Halloran, *Lumiere.*

« Marz », John Grant, *Queen of Denmark.*

« A New Error », Gernot Bronsert, Sascha Ring, Sebastian Szary, Kai Schumacher, *Beauty In Simplicity.*

« Absent Minded », Gabríel Ólafs, *Absent Minded.*

« Lac des Arcs », Julia Kent, *Asperities.*

« Bridge », Slowly Rolling Camera, *Slowly Rolling Camera.*

« Les Proies », Warren Ellis, *Mustang* (bande originale du film).

« November – Single Edit », Mari Samuelsen, Konzerthausorchester Berlin, Jonathan Stockhammer, *Richter : November.*

« American Beauty », Thomas Newman, *American Beauty* (bande originale du film).

« Because This Must Be », Nils Frahm, *Graz.*

« Healah Dancing (feat. Ren Ford) », Keaton Henson, Ren Ford, *Romantic Works.*

« Run », Ludovico Einaudi, I Virtuosi Italiani, *In a Time Lapse.*

« Lac des Arcs », Julia Kent, *Asperities.*

« Solitude », John Metcalfe, *Absence.*

« Hanging D – Cello Octet Amsterdam Version », Joep Beving, Cello Octet Amsterdam, *Hanging D* (Cello Octet Amsterdam Version).

« Apoptosis », Patrick Jonsson, *Suddenly We Looked Like Giants.*

« Don't Go », Chris Coleman, *Don't Go.*

« The Hours – The Hours – Arr. for Cello and Piano By Bruno Fontaine : The Poet Acts », Philip Glass, Henri Demarquette, Vanessa Benelli Mosell, *Minimalism for the Mind.*

« Love Theme », Nathan Barr, *True Blood* (bande originale du film).

« Glasgow Love Them From "Love Actually" », Craig Armstrong, The Royal Philharmonic Concert Orchestra/ Paul Bateman, Paul Bateman, *The Greatest Film Classics.*

« Dona Nobis Pacem 2 », Max Richter, Mari Samuelsen, Konzerthausorchester Berlin, Jonathan Stockhammer, *Mari.*

« And We Will Shine », Dirk Maassen, *Solo (2012-2014).*

Ouvrage composé par
PCA 44400 Rezé

#lisez! engagé
www.lisez.com
Pour plus d'information :
Imprimé sur du papier issu de forêts gérées durablement.

Imprimé en Espagne par Liberdúplex
en août 2023
N° d'impression : 111155

POCKET – 92, avenue de France – 75013 Paris

S33219/01